시간 속으로

시간 속으로

지은이 | 박기옥

초판 인쇄 | 2023년 10월 20일
초판 발행 | 2023년 10월 25일

펴낸이 | 신중현
펴낸곳 | 도서출판 학이사
출판등록 | 제25100-2005-28호

　대구광역시 달서구 문화회관11안길 22-1(장동)
　전화_(053) 554-3431, 3432　팩시밀리_(053) 554-3433
　홈페이지_http://www.학이사.kr
　이메일_hes3431@naver.com

ISBN_979-11-5854- 463-8 03810

테마 수필집

시간 속으로

小珍 **박기옥**

孚而思 | 학이사

글과 그림이 있는 풍경을 내며

오래전부터 나는 내 글에 그림을 만나게 해 주고 싶었다.
너무 설치지 않고,
저 혼자 바쁘게 가지도 않으며,
찬찬히 내 글과 손잡고 가는 그림을 꿈꾸었다.
낯선 곳을 이야기할 때
그림자처럼 내 글을 받쳐주는 그런 그림,
앞서거니 뒤따르거니 서로 부추기다가
마침내 글과 그림이 한통속이 되어 스스로 만들어내는
그 어떤 독창적인 풍경을 나는 갈망했다.

조명래 화가의 과분한 호의에 감사한다.
어쩌면 태초에 글과 그림은
음악에서의 가사와 멜로디가 아니었을까.
글을 쓰는 내내 아름다운 멜로디에 끌려 행복했다.

2023년 가을에
박기옥

1부 | 4500년 전

3부 | 1890년

1부
4500년 전

청암사의 봄

우수 경칩이 지나니 새벽 공기가 사뭇 다르다. 바람은 아직 차지만 이미 독을 잃었다. 안개 사이로 비밀스럽게 향긋한 것이 밀려온다. 발밑으로 흙이 살짝 풀어져 있음이 느껴진다. 땅 속에서 무슨 일인가가 일어나고 있음이 틀림없다. 겨우내 굳게 얼었던 흙 속으로 햇살이 들어가면서 땅이 녹기 시작한 모양이다. 잠들었던 개구리를 깨웠는지도 모를 일이다. 뱀이 눈 뜨고, 싹들도 기지개를 켜기 시작했다.

봄기운이 사찰을 찾게 하는가. 차를 몰아 증산재를 넘어 청암사로 향한다. 불령산 기슭에 도선국사가 창건한 신라 고찰이다. 울창한 숲을 끼고 계곡을 따르다가 불령동천佛靈洞天의 맑은 물소리에 차를 세운다. 천년의 비바람 속에서 세

속의 풍진을 씻어버린 고찰이 이제는 동천의 바위와 더불어 자연의 모습으로 남아 있다. 독경 소리마저 물소리 새소리 바람 소리를 닮았다.

절 입구에서 우비천牛鼻泉 샘물을 한 모금 마셔본다. 소가 누운 형상에서 코를 통해 나오는 물이다. 이 물을 마시면 부자가 된다는 전설이 있다. 옛 선비들은 이 샘을 지날 때 부채로 눈을 가렸다고 한다. 물질적 유혹을 피하기 위함이리라.

선비도 아니고 눈 가릴 부채도 없는 나는 물 한 조롱박만 마시기로 한다. 살면서 딱 지금만큼만, 남한테 꾸러가지 않을 정도만 주십사 기원한다. 샘가의 산수유나무가 나의 마음을 엿보고 미소 짓는다.

작은 다리를 가로질러 다시 촘촘한 돌계단을 밟는다. 청암사 본채가 한눈에 들어온다. 잔설이 남아 있는 경내는 산새 몇 마리가 먹이를 쪼고 있을 뿐 고요하다. 봄볕이 곰실거리며 뜰을 간질이는데, 바람이 불어와 나뭇가지들을 집적이고 간다. 처마 끝의 풍경이 몸을 흔든다.

팔각지붕을 갖춘 대웅전에 오르니 뒤뜰 옆에서 작은 손짓이 느껴진다. 매화나무이다. 이제 마악 봄을 향해 꽃망울을 터뜨리기 시작했다. 매화는 매서운 한겨울 추위를 뚫고 고고하게 꽃망울을 터뜨려서 사랑을 받는다고 하지 않던가.

개나리 진달래와 동격일 수 없는 까닭이다.

암자 쪽에서 어린 비구니스님이 종종걸음으로 오는 것이 보인다. 급한 일이라도 있는 것일까. 스님의 상기된 표정에서 순백의 매화가 피어난다.

숨을 깊이 들이쉬며 사찰 특유의 정취를 맡아본다. 무색무취의 싸아한 공기가 머릿속을 맑게 한다. 내 속의 탁기가 청정한 기운으로 순화되는 느낌이다. 법당 안에서는 석가모니불을 염불하는 소리가 허공을 울린다. 불자도 아닌 나는 방해가 될까 봐 조용히 발길을 돌린다.

보광전 앞의 단풍나무에 눈이 머문다. 지난 가을 미처 떨어지지 못한 잎이 도르르 말린 채 나무 끝에 매달려 있다. 겨우내 그 센 바람, 눈과 비를 견뎌온 나무이다. 수령 또한 백년은 족히 넘었으리라. 나무의 몸통이 뒤틀리고 층지고, 상처투성이다. 상처가 만드는 아름다움에는 서늘한 위엄이 느껴진다.

손을 들어 가만히 나무를 쓸어본다. '아파요 –' 여린 울림이 몸속으로 전해온다. 아픈 것이 너 하나뿐이겠느냐. 싹을 틔우기 위해 산고의 진통을 앓는 저 나무들과 풀꽃 또한 아프다. 뿌리에서부터 물이 올라와 가지 끝까지 전해지려면 수억 톤의 에너지가 필요하다고 한다. 그 엄청난 힘으로 세

상에서 가장 여리고 작은 싹을 틔우는구나.

환영일까. 착각일까. 해묵은 단풍나무에서 연두색 당의를 차려 입은 여인이 보인다. 인현 왕후이다. 숙종 15년 장희빈의 모략으로 폐위당해 이곳 보광전에서 3년간 눈물의 세월을 보냈다. 마침내 복위되어 환궁차비를 하는 중이다. 왕후에게도 봄이 찾아온 것이다.

"아니 되옵니다, 폐하. 신첩의 말씀 좀 들어주시옵소서."

깜짝 놀라 돌아보니 장희빈이 땅에 엎드려 있다. 소복 차림에 긴 머리는 풀어 헤쳤다. 사약을 마신 후라 입가에는 피가 흐르고 있다. 세자가 울며불며 어미를 살려 달라고 임금에게 애원한다. 세자는 필사적이고, 임금은 냉정하다. 장희빈의 독기가 아들에게서 '남성'을 빼앗았다는 순간이다. 인간의 증오는 어디까지 가는 것일까.

인간이건 사물이건 그 생성 안에 이미 소멸을 품고 있는지도 모른다. 피는 꽃과 지는 꽃이 따로 있는 것이 아니라 피던 꽃이 언젠가는 지는 것이다. 영광과 몰락에 앞, 뒤가 있지 않을 터이니 사랑과 증오 또한 그러하리라.

두 여인에게 소박한 삶이 주어졌다면 어땠을까. 어쩌면 평탄한 삶을 살았을지도 모를 일이다. 그러나, 어쩌랴. 사는 동안 정작 인간이 선택할 수 있는 일은 몇 안 되는 것을. 평탄해 보이는 삶 또한 그 속에 무수한 굴곡과 명암이 있지 않던가. 삶이 곧 고해苦海라고 하지 않던가. 절에서 나와 차에 오르니 불령산에 노을이 물들고 있다. 알아주는 이 없이 저 스스로 저리 곱게 물듦이 새삼 경이롭다. 저 노을이 있기까지 얼마나 많은 번뇌의 시간이 흘렀을 것인가. 돌아서는 등 뒤로 대웅전에서 올리는 저녁 예불 소리가 편안하다.

탐매探梅

코로나가 설치는 중에도 3월이 되니 봄이 살그머니 혓바닥을 내민다. 백신으로 뒤숭숭한 신문 한 귀퉁이에 기적처럼 매화가 등장했다. 슬금슬금 탐매探梅병이 도지기 시작한다. 나는 이른 봄 매화를 찾아 여기저기 기웃거리는 일을 두고 '탐매' 이상의 아름다운 말을 알지 못한다. 배낭을 메고 집을 나선다.

산청 3매를 하루에 돌아보기로 했다. 산청 3매는 고려 말의 원정공이 심었다는 남사마을의 원정매와 남명 조식 선생이 산천재에 심어 즐겼다는 남명매, 그리고 정당문학의 뿌리를 보여주는 단속사터의 정당매가 그것이다.

산청이 처음은 물론 아니다. 그러나 유적 답사 중 산청에 들렀을 때는 관심사항이 분산되어 매화에 몰입이 되지 않았다. 생각 없이 남사마을의 돌담길을 걷다가, 단석사터의 이곳저곳을 기웃거리다가, 남명의 이기설을 겉핥기 했을 뿐 매화는 눈으로만 스쳤을 따름이었다. 오늘은 온전히 매화에 집중하고 싶었다.

매화는 보통 3번은 보아야 제대로 즐기는 것이라 한다. 망울질 때, 개화 때, 낙화 때이다.

또한 매화는 활짝 핀 것보다 꽃봉오리를 귀히 여기고, 꽃이 무성하지 않고 드문 것을, 살찐 것보다 야윈 것을, 어린 나무보다 늙은 나무를 소중히 한다고 말한다. 600년을 넘긴 산청 3매가 엄동설한을 이겨내고 꽃망울을 터뜨리고 있으리라 생각하니 가슴이 설레었다. 아직 춘삼월 전이니 망울질 때이고, 3매 모두 고목에다 후계목이 뿌리에서 자라고 있다 하니 이 무슨 행운일까.

행운과 설렘은 그러나 곧 사치임이 드러났다. 3매는 오히려 아픔과 경외감으로 다가왔다. 원목은 모두 고사하여 시멘트를 바르거나 나무를 덧대어 묶어놓았고 후계목이 뿌리에서 자라고 있었다. 죽기 전 밑둥치에서 나온 가지가 살아남아 저 혼자 꽃망울을 맺고 있기도 했다.

그뿐인가. 원목 바로 옆에는 씨앗이 떨어져 뿌리를 내린

또 다른 어린 가지가 물기를 빨아들이고 있었다. 이를 두고
어떻게 한가로이 감상이나 하며 즐길 생각을 했던 것일까.
나는 오히려 이 모든 생명의 순환에 소름이 끼쳤다. 저 가늘
고 여린 매화 가지가 죽은 어미 몸에서 뻗어 나와 꽃망울을
맺으려면 원목의 뿌리는 또 얼마나 깊고 질겨야 할까.

　매화를 심었다는 선비들에 이르자 마음은 더욱 무거워졌
다. 매화는 주로 벼슬에 나가지 않거나 벼슬에서 물러난 선
비들이 마당이나 뒷산, 텃밭 가에 심어놓고 즐겼다고 전해
진다. 그들은 왜 하필 매화를 심었을까. 세상이 그들을 버린
것일까. 그들이 세상을 외면한 것일까. '평생을 추위에 떨지
언정 향기를 팔지 않는다' 는 '매한불매향梅寒不賣香' 이 선비

의 기상에 얼마나 위안이 되었을까.

　속 좁은 나의 기우를 예상이라도 한듯 남명 선생은 산천재에서 이렇게 시를 읊었다.

　　　春山底處無芳草
　　　봄 산 어디엔들 아름다운 꽃 없겠는가

　　　只愛天王近帝居
　　　내가 여기에 집을 지은 것은 단지 천왕봉이
　　　하늘에 가까운 걸 사랑해서라네

　　　白手歸來何物食
　　　빈손으로 돌아왔으니 무엇을 먹고 살 것인가?

　　　銀河十里喫有餘
　　　은하수 십 리 맑은 물 먹고도 남겠네

　내 마음이 누그러진 것은 정담매를 찾았을 때다. 산청 3매의 하나로 꼽히는 정당매는 탑동에 있는 단속사 절터에 있었다. 절은 이미 불타고 지금은 천년 고찰의 흔적만 남은 절터에 매화 한 그루가 홀연히 서 있었다. 수령이 650여 년이나 된다 하였다. 원목은 고사하여 통나무를 엮어 받쳐 놓았는데 몸통에서 뻗어나간 후계목들이 애써 꽃망울을 맺고 있었다.

놀라운 것은 그 옆에 세워둔 비석이었다. 절은 사라졌어도 한 쌍의 삼층석탑과 함께 폐사지를 지키는 매화를 의인화하여 후대인들이 열녀비를 세워 준 것이었다. 매화를 위한 비석이라니! 얼마나 멋진 일인가. 매화를 보며 스스로를 갈고 닦은 선비의 기상 못지 않게 조상들의 높은 정신세계를 귀히 여긴 후손들이 아닌가.

비석을 보니 지리산 천왕봉 아래 산천재를 짓고 후학 양성에 힘썼다는 남명 선생이 떠올랐다. 평생 벼슬에 나가지 않았지만 호남학파의 수장으로 추앙을 받았다. 사후에는 사간원司諫院과 대사간大司諫에 이어 영의정에 추서되었다. 세상은 그를 버리지 않았고, 그 역시 세상을 외면하지 않았다.

풀밭에 앉아 잠시 생각에 머물렀다. 바람은 아직 차지만 독기는 없었다. 새순이 돋기 시작한 마른 나뭇가지 위로 새들이 포르르 포르르 날아다녔다.

선비 탓일까. 매화 탓일까. 내 마음이 좋았다. 원목에서 뻗어나간 어린 매화 가지들이 다시 든든한 어미목이 될 것을 생각하니 가슴이 벅찼다. 눈을 드니 3매를 지킨 지리산 천왕봉도 고개를 끄덕이는 것 같았다.

홍매화

운이 좋았다. 코로나로 인해 봄 같지도 않은 봄을 맞고 있는 내게 지리산 화엄사의 홍매화를 볼 기회가 온 것이다. 화엄사는 원래 3색 매화가 유명하다. 일주문 옆 분홍매와 만월당 앞 백매, 그리고 각황전 옆 홍매이다. 날씨마저 좋았다. 구름 한 점 없는 춘삼월에 만개한 3색 매화향이 사찰을 휘감았다. 오늘은 홍매가 내 마음을 두드렸다. 느린 걸음으로 일주문을 지나 만월당을 거쳐 각황전에 이르렀다.

각황전은 현존하는 목조건물로는 국내 최대 규모로 웅장한 외양을 자랑하지만 그보다는 건물 전체가 단청을 피하고 자연 그대로의 나뭇결을 유지하여 시선이 머문다. 사찰은 대저 검소하여 마음이 가는 경우가 많다. 화엄사가 그렇다.

특히 각황전이 그러하다.

고개를 들어 잠시 편액을 우러른다. 각황전覺皇殿. '깨닫는 황제'라는 뜻일 터이다. 임진왜란으로 화엄사 대부분의 전각이 불탔을 때 보수과정에서 왕실이 후원하면서 하사된 편액이다. 숙종이 직접 썼다고 한다.

기척을 느껴 왼쪽으로 고개를 돌리면 홍매화가 손짓한다. 400년을 넘긴 매화이다. 매무새가 수수하다. 모진 풍파에 온몸이 틀어지고 상처 투성이인 중에도 하늘을 향해 반듯하게 서 있다.

꽃도 한창이다. 너무 붉어 검은빛이 도는 채로 혼신의 힘을 다해 꽃을 피워 올리고 있는 중이다. 하필이면 왜 홍매화일까. 홍매화는 꽃과 열매가 다른 재래종 매화보다 작지만 향기가 강한 것이 특징으로

알려져 있다.

불현듯 영조의 어머니 숙빈 최씨가 떠오른 것은 편액 탓일까, 매화 탓일까. 영조의 아버지 숙종은 재위 기간 내내 왕비를 통하여 신하들을 다스려 온 것으로 알려져 있다. 서인의 후원으로 국모가 된 인현왕후와 남인의 지지를 받아 중전의 지위까지 오른 장희빈을 저울질하면서 당파 간의 갈등에 균형을 잡았다고 한다.

이 틈에 낀 숙빈 최씨는 권력 배경이 없는 여인이었다. 어린 나이에 궁에 들어와 무수리로 험한 일을 도맡아하다가 숙종의 눈에 띄면서 영조가 태어났다.

숙종 사후 살얼음판 같은 경종 시대를 극복하고 자신의 아들 영조가 보위에 오르기까지 최씨의 삶이 어떠했을까.

보위에 오르고도 재위 기간 내내 정적들로부터 어미가 궁궐에서 물이나 길어 나르는 천한 무수리 출신이었다는 지적에 시달리는 아들을 어찌 보고 있었을까.

나는 최씨가 숙종에게는 어머니 같은 위안의 존재가 아니었을까 짐작한다. 최씨의 성품 때문이다. 최씨가 어떤 성품을 지녔는지는 숙종과의 만남에서 밝혀진다.

민비를 폐출하고 장희빈을 중전으로 책봉한 어느 날 밤 숙종은 궁궐 안을 거닐다가 불빛이 새어나오는 궁녀의 방을 지나게 되었다. 그 안에서는 한 나인이 성찬을 차려놓고 상 아래에서 손을 모은 채 무릎을 꿇고 있었다. 이상히 여긴 임금이 문을 열고 안으로 들어가 까닭을 물었다. 깜짝 놀란 나인이 부복하고 대답했다.

"저는 중전마마의 시녀였는데 내일이 그분의 탄신일입니다. 그분께서 좋아하는 음식을 마련했지만 바칠 길이 없어 소녀의 방에 진설하고 정성이라도 전해 드리고 싶었습니다."

그 말을 들은 숙종은 비로소 폐비 민씨의 생일이 내일이라는 것을 깨달았다. 그녀가 궁에서 쫓겨난 지 4년째 되던 해의 일이었다. 희빈 장씨에 대한 총애와 서인에 대한 반감이 어우러지면서 벌어진 일이었지만 돌이켜 보니 지나쳤다는 생각이 들던 참이었다. 숙종은 옛 주인을 잊지 않고 섬기는 나인의 정성이 가상했다. 최씨와의 인연이 시작된 날이었다.

최씨는 숙종에게 안정감을 주는 여인이었다. 아름답지만 가시가 잔뜩 박혀 있는 중전 장씨와는 확연히 다른 인물이었다. 성정 자체가 부드럽고 온화한 사람이었다. 후일 영조가 된 연잉군에 대한 교육도 철저했다. 연잉군은 겨우 걸음마를 떼었을 때도 숙종에게 나아가면 반드시 무릎을 모아 앉았고, 물러가라는 명 없이는 하루 해가 다 가더라도 자리를 지켰다. 이에 숙빈 최씨는 연잉군이 오래 꿇어앉느라 발이 굽을까 염려하여 넓은 버선을 만들어서 힘줄과 뼈를 펼수 있게 해주었다고 한다. 최씨는 임금에게나 아들에게나 위안이었던 것이다.

두어 걸음 물러서서 편액과 매화를 연이어 바라본다. 각황전을 건립할 때 숙종은 손수 편액을 하사했다고 한다. 건물 옆에 홍매화 한 그루가 심어진 뜻은 무엇이었을까. 재위기간 내내 당파싸움에 휘말린 임금과 그를 찾는 백성을 위무하기 위한 숙빈의 사랑이 아니었을까.

임금 노릇이나 백성 노릇이나 고단하기는 매한가지였을 터이다. 숙종도 평탄한 삶을 산 임금은 아니었다. 당파싸움의 와중에서도 '깨닫는 황제'가 되기 위해 필사의 노력을 기울였건만 아들인 경종은 일찍 죽었고, 손자인 사도세자는 뒤주에 갇혔다. 숙빈 최씨인들 그 설움을 어찌 견뎠을까. 세월이 흘러 인걸은 간 데 없고 사찰만 덩그러니 남아있는데, 매화가 되어 임금과 길손을 어루만지는 듯하여 한참을 우러러 그곳에 머물렀다.

초분草墳

　가까운 듯 먼 섬이 있다. 청산도이다. 남쪽 끝까지 5시간 이상 차를 타고 나가서 다시 배를 1시간가량 타야 하는 곳. 섬은 생각보다 멀리 있다. 제주도도 아닌 것이, 울릉도도 아닌 것이.

　날씨가 좋았다. 완도항을 떠난 지 50여 분 만에 배는 무사히 청산도 도청항에 도착했다. 하늘이 환하다. 바다도 파랗다. 산도, 들도 온통 파랗다. 이름 그대로 '청산도青山島'다.

　팔을 흔들며 느릿느릿 섬을 밟는다. 청산도는 국제 슬로시티 연맹으로부터 아시아 최초의 슬로시티로 지정된 섬이다. 슬로slow는 단순히 느림의 의미를 넘어서 나 자신을 귀히 여겨 느긋하게 산다는 뜻이 담겨있다. 서편제 길을 지나고 당리를 거쳐 구장리에 이르자 시선이 딱 멈추는 곳이 있다. 다랭이 논에 살포시 자리 잡은 초분草墳이다.

초분은 말 그대로 풀무덤이다. 시신을 땅속에 묻기 전 3년 동안 짚이나 풀로 엮은 이엉을 덮어 두었다가 뼈를 추려 묘를 쓰는 장례법이다. 세속에 찌든 육신을 땅에 바로 묻는 건 선산에 대한 예가 아니어서 육탈을 하고 뼈만 남을 때까지 땅 위에 두는 풍습이다.

하지만 초분이 청산도를 포함한 주로 섬 지역에서 행해져 온 것을 보면 고기잡이를 나가 부모의 임종을 보지 못한 상주가 돌아온 후라도 부모의 얼굴을 볼 수 있도록 하기 위함이라는 설이 유력하다. 땅 위에서 조금이라도 더 머물다 가시라는 효심에다 돌아가신 부모를 가까이 모셔놓고 힘든 노동 후에 잠시 쉬면서 만나고 싶은 소망도 있었을 것이다. 한 번 지내기도 힘든 장례를 굳이 두 번씩이나 하는 것은 부모님 생전에 못다 한 효도의 표시로 알려져 있다.

초분이라고 해서 본장本葬에 비해 수월한 것은 아니다. 상제들은 상복을 입고 갖은 음식을 준비한다. 절을 하고 곡을 한 후 분墳을 만들기 시작한다. 먼저 땅바닥에 크고 작은 돌멩이를 깔아서 평평하게 한다. 그 위에 멍석을 펴고, 멍석 위에 관을 올려놓는다. 다음엔 멍석으로 관을 둘둘 감아서 묶는다. 그리고 멍석 위에 솔가지를 꺾어서 올린다. 솔가지는 병해충의 침입을 예방하는 목적이 있다.

이렇게 올린 관 위에 짚을 엮어서 만든 이엉으로 초가를 만든다. 빗물 같은 것이 자연스럽게 흘러내리도록 지붕을 쌓아 올리고, 큰 돌을 매달아 단단히 고정시킨다. 산짐승들의 접근을 막기 위해 주변에 철조망을 치기도 한다. 초분을 만든 다음 후손들은 자주 찾아가서 분묘 상태를 돌본다. 해마다 새로 이엉을 갈고 틈틈이 소나무 가지를 바꿔 꽂는다. 자식들이 다녀갔다는 증표다.

지금 내가 만난 초분은 상태가 좋다. 용머리에 꽂힌 솔가지가 물기도 채 마르지 않은 것으로 보아 자식들이 다녀간 지 얼마 되지 않은 모양이다. 무섭다는 생각도 들지 않는다. 볕든 자리에 편안하게 자리 잡은, 아늑한 초가집을 보고 있는 느낌이다. 실제로 젊은 커플들은 초분을 배경으로 기념사진을 찍기도 한다. 무덤의 이모저모를 살피고 있는 나에게 잠시 비켜달라는 주문도 한다. 초분에 기대어 V 자를 날리며 스마일 사진을 찍는 청소년도 있다. 저들에게는 초분이 기념품이거나 장난감 정도일까.

초분 옆 논 가장자리에는 망옷자리가 있다. 망옷은 퇴비의 전라도 말이다. 풀이 썩어 퇴비가 되듯 육신도 썩어 자연

의 일부가 되는 것은 같은 이치일 것이다. 영靈이 나간 인간은 여느 풀과 다를 바 없다. 차지한 땅이라야 한 평 남짓, 육탈이 되어 땅에 묻힐 때까지 유예기간을 벌고 있을 뿐이다. 실제로 어느 섬에서는 자연육탈이 되지 않으면 시루에 쪄서 육탈을 시켰다는 이야기도 전한다. 산 자와 죽은 자에게는 얼마만큼의 거리가 있는 것일까.

초분은 이제 청산도에서도 사라질 위기에 처해있다. 살아 있는 자도 입에 풀칠하기 어려운 마당에 두 번씩이나 장례를 치른다는 것은 현실에 맞지 않을 수 있다. 그나마 청산도이기에 명맥을 유지하고 있다고 봐야 할 것이다.

그러나 지금도 청산도 토박이들은 고향에 묻힐 때는 초분을 원한다고 한다. 차가운 땅속에 들어가기 전 삶의 터전이었던 고향의 햇살과 바람에 조금이라도 더 머물고 싶은 것이 망자의 소망이리라. 그리고 보면 초분은 산 자와 죽은 자의 마지막 끈일는지도 모른다. 어차피 죽음은 생의 다른 얼굴이 아니던가. 생과 사가 한자리에 모여 바람처럼 잠시 머묾으로써 망자와의 연緣 마저도 느리게 이어가는 것이 아닐까.

"죄송합니다만, 사진 좀….."

젊은 부부가 아이를 안고 스마트폰을 내민다. 이렇게 저

렇게 포즈를 잡더니 아이를 아예 초분 용머리 위에 앉힌다. 나도 모르게 기겁하여,

"안 돼요! 아빠가 안으세요!"

누워있는 사람이 벌떡 일어날까 봐 셔터를 얼른 눌렀다. 갑자기 머리끝이 쭈뼛해지면서 관 속에서 호통치는 소리가 들리는 것도 같았다. 이런 철딱서니 없는 것들 같으니라고! 나는 서둘러 도청항으로 발길을 돌렸다. 출발을 알리는 일행이 손짓하는 것이 보였다.

심초석 心礎石

　소 한 마리도 그려본 적이 없는 사람이 한국미술사 공부
모임에 들어갔다면 '소가 웃을 일'이다. 그러나 그 모임에서
는 그림은 그리지 않는다고 했다. 시험도 치지 않는다고 했
다. 이름 그대로 한국미술의 흐름을 공부한다기에 들어갔더
니 한 학기 내내 PPT로 탑塔만 보여주었다. 신라탑, 고려탑,
목탑, 전탑, 석탑 등을 보다가 오늘은 단체로 버스를 내어 경
주 일원으로 탑을 직접 찾아 나섰다. 그중에서도 내 눈을 끈
것은 황룡사 9층 목탑이었다.

　동양 최고의 목조 건물이었다는 황룡사 9층탑은 지금은
소실되어 황량한 절터만 남아 있다. 진흥왕에서 진평왕을
거쳐 선덕여왕에 이르기까지 100여 년에 걸쳐 완성했으나

몽고 침입 때 한 순간에 불타고 말았다. 9층탑의 '9'는 '많다' 혹은 '극極'을 의미하여 주변 9개 나라를 모두 아우르는 신라 중심의 우주관을 표현했다지만 먼지를 일으키며 말을 달려 침범해 오는 몽고군에게는 역부족이었던 모양이었다. 탑은 온데간데없고 지금은 광활한 빈터에 주춧돌만 남아 있었다. 초겨울이라 스산한 날씨에 바람까지 불어 해설사의 희끗희끗한 머리칼을 흩어 놓는데, 눈을 확 끌어당기는 것이 있었다. 드문드문 주춧돌이 보이는 한가운데 우뚝 선, 무려 30톤이나 된다는 돌덩어리였다.

"잘생겼지요? 심초석心礎石입니다. 탑 기둥의 기초가 되는 돌이지요. 몇 년 전 이곳이 발굴될 때…"

해설사는 심초석을 부드럽게 쓰다듬으며 눈을 먼 곳으로 주었다. 탑이 불탄 지 740년 후의 발굴 현장이었다. 그는 이마에 깊은 주름을 잡으며 당시를 회상했다.

"이걸 들어 올릴 때 저는 심장이 멎는 줄 알았지요."

포크레인 기사가 30톤 무게의 심초석을 들어 올리자마자 조사원들이 겁도 없이 돌 아래로 들어간 것이었다. 심초석을 제자리에 내려놓을 때 잔존 유물이 파괴되는 걸 우려해서였다. 돌이 얼마나 무거웠던지 들고 있던 포크레인이 휘청거릴 정도였다. 그들은 위험을 무릅쓰고 돌 아래로 몸을

던져 조상들의 유물을 샅샅이 훑었다. 예상은 적중했다. 심
초석이 놓였던 자리를 파 들어가자 청동거울과 금동 귀고
리, 청동 그릇, 당나라 백자항아리 등 3000여 점의 유물이 한
꺼번에 쏟아졌다. 탑을 세울 때 귀족들이 사용하던 장신구
와 부처에게 바친 공양품과 액땜을 위해 땅속에 묻은 예물
들이었다.

설명이 끝나 일행이 자리를 뜨는 동안 나는 혼자 천천히
돌에게로 다가갔다. 너무 크고 무거운 나머지 제 아무리 몽
고군이라도 훔쳐갈 수 없었을 돌이었다. 1400년 전 왕을 움
직여 9층 목탑을 쌓게 한 이 돌은 어떻게 여기까지 오게 되
었을까. 이 돌을 딛고 일어선 9층 목탑은 얼마나 늠름하고
당당했을까. 경주는 광활한 분지로 되어 있기 때문에 백성
들은 어디서든 80미터나 되는 목탑을 바라볼 수 있었을 것
이었다. 밭을 갈다가 나무를 베다가 아궁이에 불을 때다가
문득 하늘에 이르는 탑을 보기 위해 고개를 들지 않았을까.

해설사 또한 차마 자리를 뜨지 못하고 2010년 삼성물산이
시공한 두바이 버즈 칼리파Burj khalifa 빌딩을 화제에 올렸다.
828미터나 되는 세계 최고의 건축물이었다. 그는 두바이의
원동력을 1400년 전 황룡사 9층탑을 건설했던 한국 기술력
의 DNA에서 찾아야 한다고 열변을 토했다. 또한 그는 2034

년경에는 9층 목탑이 원래의 모습대로 복원되어 우리 민족의 위대한 기상과 우수성을 전 세계에 알릴 수 있는 좋은 계기가 될 것이라고 흥분했다.

인간이나 사물이나 그것을 있게 하고 떠받치는 심초석이 있기 마련이다. 현존하는 목탑 중 가장 오래되었다는 중국 불궁사의 목탑보다 무려 400년이나 앞서 건축되고, 17미터

나 더 높다는 황룡사 9층 탑 또한 저 믿음직한 심초석이 사력을 다해 떠받치고 있었기에 가능했을 것이었다. 심초석이 있었기에 탑은 국민의 통일 염원을 모으는 구심점 역할을 하여 왕실과 백성이 혼연일체가 되는 시너지를 창출했으리라.

나는 미련하여 이순耳順에 이르기까지 나의 심초석을 인식하지 못

했다. 나의 존재를 비나 물, 공기처럼 당연하고 마땅한 '자연 현상'으로만 받아들였다. 이순에 이르러 비로소 부모님이라 는 불가사의한 존재가 나의 모든 것을 떠받치고 있는 심초 석임을 알았을 때 그동안 한 번도 감사해 본 적이 없는 나를 자책했다. 나는 부모님에게 '감사하다'는 말을 하고 싶었다. 큰 절이라도 올리며 나를 있게 한 부모님의 노고에 진심 어 린 사랑을 전하고 싶었다. 그러나 부모님은 이미 이 세상에 계시지 않았다.

"뭐 하세요? 분황사로 이동한다는데요."

일행의 독촉을 받고서야 나는 자리를 떴다. 무거운 걸음 으로 일행을 뒤따르며 몇 번이고 심초석을 돌아보았다. 돌 은 말이 없었다. 말 없음으로 거기, 역사의 흔적만이 남아있 는 자리에 하늘을 이고 묵묵히 서 있었다. 그것은 돌아가신 나의 아버지와 어머니의 모습이기도 했다. 부모님은 팔을 들어 어서 가라고 재촉하는 것 같았다. 나는 울컥하여 걸음 을 멈추고 잠시 두 손을 모았다.

4500년 전

J.

이집트에 온 지 일주일이 지났습니다. 저는 어제 수도 카이로에 도착했습니다. 같은 자리에 같은 이름으로 1000년 이상의 역사를 간직한 이 대도시는 옛것과 새것, 동양과 서양의 조화를 느끼게 합니다. 12월이라 한국 날씨는 한겨울인 것을 보고 떠났는데 이곳은 가을 날씨입니다. 비도 거의 오지 않아 여행하기에는 최적의 상태입니다.

오늘은 카이로에서 서쪽으로 13km 떨어진 기자Giza 지역으로 왔습니다. 4500년 전의 피라미드Pyramid를 보기 위해서입니다. 사막이 시작되는 지점인 기자 지역에는 파라오(임금, 왕)의 무덤으로 알려진 거대한 피라미드 셋이 솟아 있습니다. 역사학자들이 '기자의 피라미드를 보지 않고는 이집트를 말하지 말라'고 말한 바로 그 피라미드입니다.

우리는 우선 차량을 이용하여 피라미드까지 외길로 이어지는 피라미드 거리를 달렸습니다. 종점에서 왼쪽을 돌아 비탈을 오르니 쿠푸왕의 피라미드 전경이 눈에 들어왔습니다. 원경으로 찍은 사진을 보았을 때는 3개의 피라미드가 이웃해 있는 것처럼 보였는데, 현장에 오니 피라미드 사이의 간격은 넓었습니다. 고대 7대 불가사의로 꼽히는 쿠푸왕 피라미드와 함께 세 개의 피라미드가 한곳에 모여 있는 것입니다.

J.

4500년 전 이집트 사람들은 피라미드를 왜 만들었을까요?

이집트 고왕국 시대의 군주는 막강한 권력을 지닌 전제 군주인 동시에 신이었다고 합니다. 종교와 정치의 수장으로서 파라오는 이집트의 주인인 동시에 신관이기도 했지요. 따라서 파라오는 육신의 죽음으로 삶이 끝나는 것이 아니라 사후 세계에서도 이집트를 다스리는 존재라고 여겨졌습니다. 지평선 아래로 떨어져 죽어 버린 태양이 내일이면 어김없이 살아 돌아오듯이 말입니다. 이집트인들이 무덤 안에 현세와 똑같이 생활할 수 있는 내세의 공간을 만들고, 수많은 부장품들을 묻은 것은 이처럼 생명의 불사不死와 부활을 믿었기 때문이라고 합니다.

피라미드는 평균 2.5톤의 돌 250만 개로 만들어져 있습니다. 45층 건물 높이입니다. 지구상에서 가장 큰 석조물로, 기하학적 구조로 쌓아 올린 공법은 현대문명 건축기술로도 풀 수 없는 수수께끼로 알려져 있습니다. 0.1%의 각도나 무게중심만 틀려도 벌써 무너졌을 이 대피라미드가 4500년이 지난 지금까지도 의연하게 버티고 있는 것을 보고 저는 '시간'에 대해 생각해 봤습니다. 누구였던가, '인간은 시간을 두려워하고, 시간은 피라미드를 두려워한다'고 말한 사람이 있었다지요.

그렇다면 이 거대한 피라미드는 누구의 손으로 만들어졌을까요?

찰턴 헤스턴과 율 브리너가 나오는 영화 〈십계〉를 보면 유대인 노예들이 채찍을 맞아가며 피라미드를 짓는 것 같은 장면이 나오는데, 그것은 사실이 아니라고 합니다. 피라미드를 만들 당시에는 유대인 노예를 쓴 적이 없고 농한기 이집트인들에게 임금을 지불해 가며 일을 시켰다고 합니다. 심지어는 고도의 기술자들이 비싼 임금으로 동원되었다는 기록도 있다고 하네요. 당시의 노동자 마을도 발견되고 있

고요.

어느 시대나 공상가가 있듯이 여기서도 공상가가 등장하기는 합니다. 엄청난 규모와 신비스러움, 건축학적 정밀성에 놀란 나머지 피라미드는 외계인이 만들었을 거라는 주장입니다. 그들은 한 종족이 돌연변이를 일으켜 천재의 종족이 되어 피라미드를 만들었다고 주장합니다. 실제로 돌과 돌 사이에 종이 한 장도 못 들어갈 것 같은 정교함에 저도 입이 떡 벌어졌습니다.

또 어떤 학자는 피라미드의 양면 통로에 어떤 특별한 에너지를 주면 이 에너지가 만나는 방에서 아주 큰 에너지가 생겨 그 무한한 에너지가 어떤 물질을 비행할 수 있게 한다고도 주장합니다. 양탄자가 날아다니는 아라비안 나이트의 동화마저도 피라미드의 신비와 연관시켜 보는 것이지요. 흥미롭지 않습니까.

J.

그렇다면 고대 이집트인들의 삶은 어땠을까요?

기록에 의하면 그들의 평균 수명은 30세 정도였다고 합니다. 그러다 보니 이집트에서의 삶은 오직 하늘나라로 향하는 정류장이요, 준비 코스로 생각했습니다. 파라오는 물론 귀족부터 평민에 이르기까지 모두 사망 후에는 하늘 나라에서 살 살림, 즉 부장품을 잔뜩 넣어서 다음 세상의 삶을 준비한 것이지요. 4650년 전 마스터바Mastaba라고 불리우는 조세르 왕의 계단식 피라미드 이후 소위 쿠푸왕의 무덤 같은 대피라미드가 절정을 이루었으나 심각한 국력 낭비와 끊임없는 도굴 위험 때문에 볼품없는 피라미드로 이어져 오다가 겨우 300년을 넘긴 후 오늘날의 땅 속 깊이 매장하는 방식으로 바뀌었다고 합니다.

　J.

4500년의 도시에는 로컬 가이드도 다양합니다. 운 좋게도 우리는 헤밍웨이를 닮은 지적인 가이드를 만났는데 구태여 피라미드를 배경으로 개인 사진을 찍어 주겠다고 하네요. 이런 저런 포즈로 시키는 대로 찍었지요. 받아보고는 깜짝 놀랐습니다. 각도를 어떻게 잡았는지 손가락으로 피라미드의 꼭짓점을 가리키기도 하고, 사색하듯이 팔꿈치로 피라미드에 기대기도 하고, 심지어는 두 팔로 피라미드를 안고 있기도 하지 뭡니까. 쿠푸왕이 보았다면 불호령을 내렸을까요? 또 쓰겠습니다. 안녕히.

아하

이집트 카이로에서 아스완으로 가는 기차 안이다. 기차는 밤새도록 별을 이고 남쪽을 향해 달린다. 좁고, 불편하고, 냄새까지 심한 침대칸이지만 사막을 가로지르는 신비가 있다. 촘촘한 여정으로 지친 우리는 세수도 거른 채 이층 침대 한 칸씩을 차지하고 잠에 떨어졌다.

새벽 3시쯤, 화장실에 가고 싶어 눈을 떴다. 기차를 탈 때 첫 번째 칸이었던 것만 기억하고 무심코 방을 나섰다. 찾아간 화장실은 누군가 사용 중이었고, 다음 화장실에는 휴지가 없었다. 조금 더 돌고 한 번 더 돌아서 일을 보고 나서 첫 번째 방문을 열려 하니 그새 문이 잠겨 있었다. 호텔이 아니니 자동적으로 잠겼을 리가 없는 터라 룸메이트인 친구가 잠갔으리라 짐작되었다. 문을 두드렸다. 얼굴과 가슴에 털이 수북한 남자가 문을 연다. 외국인이다. 무섬증이 확 덮쳐 온다. '쏘리. 쏘리. 아이브 롱 룸넘버' 황급히 문을 닫는다.

분명히 첫 번째 방이었으니 그럼 저쪽 끝인가? 뚜벅뚜벅 걸어가서 끝방 문손잡이를 살며시 돌려 본다. 성공이다. 열린다. 방 안으로 성큼 들어선다. 순간, 낯선 남자가 침대에서 몸을 벌떡 일으킨다. 이번에는 한국인이다.

"누구시오?"

"아이고!"

복도로 나와 자초지종을 들은 남자는 나의 아래 위를 훑어보더니.

"7번이겠네요." 하며 자기 방으로 들어가 버린다.

방은 1호부터 20호까지 있다. 방문 앞에 그렇게 쓰여 있기도 하다. 내가 자신 있게 기억하는 것은 기차를 탈 때 첫 번째 침대칸이었다는 사실이다. 그렇다면 1호 아니면 20호일 터인데 난데없이 7호라니?

나는 나를 의심하기 시작한다. 원체 나는 수數에 약하다. 수치數恥에 가깝다. 오죽하면 아들은 나의 증상을 질병 수준이라고 했을까.

나는 나를 버리고 남자를 믿기로 했다. 7호 방으로 가서 문손잡이를 잡으려 하는데 추리닝을 입은 방 주인 남자가 안에서 불쑥 문을 열고 나온다. 이 방도 아니었던 것이다. 사정을 들은 남자는 나의 '첫 번째 방'을 주목하더니.

"그런데요, 몇 호차였지요?"

"아, 몇 호차? 3호차였는데요."

"여기는 1호차 침대칸입니다. 3호차로 모셔다 드리겠습니다."

그렇구나. 화장실을 찾아 빙빙 돌다가 1호차까지 와 버린 모양이구나. 그는 친절하게도 나를 방 앞까지 데려다 주었다. 문은 쉽게 열렸다. 친구는 내가 없어진 줄도 모르고 곯아 떨어져 있었다.

문을 잠그고 자리에 누웠다. 문득 한 가지 의문이 생겼다. 20호 남자는 왜 나를 7호 여인으로 찍었을까. 그는 왜 나를 보자마자 7호로 단정했을까. 귀찮았던 것일까. 골탕 먹이려고 그랬을까.

아하! 그제서야 문을 열었을 때 두 사람이 포개어져 있었던 것이 생각났다. 그들 역시 나처럼 화장실을 다녀왔는지도 모를 일이다. 문 잠그는 일에 부주의한 사이 내가 방문을 열고 들어갔던 것이었다. 이국에서 치르는 중요한 이벤트에 초대받지도 않은 손님이 들이닥친 셈이었다. 남자는 놀라 벌떡 일어났고, 나는 황급히 복도로 밀려났었다.

그렇다면 남자의 '7'은 무엇이었을까. 일반적으로 7은 행운의 숫자로 알려져 있다. 내가 들어갔을 때 그는 아마 행운의 찬스를 잡으려던 참이었던 모양이었다. 방해꾼을 치우려는 위기의 순간에 무의식 중 7이 튀어나왔으리라 짐작되었다. 특별한 행사라 심야의 침입자에게도 벌 대신 행운을 조금 나누어 주고 싶었으리라. 기차는 이 사실을 아는지 모르는지 철커덕거리며 새벽을 뚫고 달렸다.

마이 웨이

이집트 여행은 일정이 빡빡했다. 그날도 새벽부터 바지런을 떨었다. 룩소르를 거쳐 후르가다까지 둘러볼 계획이었기 때문이다. 룩소르에서는 왕들의 무덤과 신전을 보고, 후르가다에서는 홍해 연안의 바닷속을 들여다보는 일정이었다. 3시 모닝콜, 4시 출발. 눈곱만 겨우 떼고 버스에 몸을 실었다.

얼마나 갔을까. 버스 안의 불까지 모두 끄고 일제히 눈을 붙였는데 뒤에서 작은 목소리가 들려왔다.

"가이드님. 휴게소는 얼마나 가야 하나요?"

돌아보니 우리 팀의 H였다. 불편한 기색이 역력했다.

"1시간 넘게 가야 하는데, 급하세요?"

불이 켜지고, 누가 먼저랄 것도 없이 커튼을 드르륵 열어
젖혔다.

"해다!"

가도 가도 사막인데 해까지 솟아오르고 있었다. 건물도
없고 나무도 없고 언덕조차 없었다. 그렇더라도 1시간 넘게
라니!

"네에~"

H의 '네에~'는 애매했다. 참기 어렵다는 얘기 같기도 하
고 참아보겠다는 뜻으로도 들렸다. 문제는 잠을 깬 다른 사
람들이었다.

습관상 아침에 눈을 뜨면 화장실부터 찾지 않는가. 시계를 보니 6시 반이었다. 요의가 버스 안에 빛의 속도로 퍼져 나갔다. 사태의 심각성을 눈치챈 가이드가,

 "조금만 기다리세요. 가면서 좀 볼게요."

 위로라도 하듯 음악을 틀었다. 〈마이 웨이〉였다. 대단히 부적절한 선곡이었다. 화장실 가고 싶은 사람들 앞에 '마이 웨이'라니! 어쩌라고?

 "이봐요, 가이드! 아무데서나 볼일부터 보고 갑시다!"

 드디어 제일 뒷좌석에서 거친 남자의 목소리가 들려왔다.

 "급하단 말이요, 급하다고!"

 중간자리, 앞자리에서도 들썩거렸다. 버스가 섰고, 다투어 내렸다. 해가 솟은 천지는 망망 사막이었다. 30여 명이 정도껏 흩어졌다.

 다시 차에 오르자 버스 안은 확연히 달라져 있었다. 순하고도 은밀한, 공범자의 분위기가 맴돌았다. 대명천지 사막에서 함께 오줌을 갈긴 덕분일 터였다. 언제 우리가 이런 호사를 누려본 적이 있었던가. 급하다던 남자가 가이드에게 다가와 달달한 목소리로 말했다.

 "음악 틀어 봐요. 아까 그 〈마이 웨이〉."

오벨리스크를 보며

J.

어젯밤 기차로 14시간을 달려 이집트의 남쪽 아스완으로 왔습니다. 여기서는 '미완성 오벨리스크'를 보려 합니다.

오벨리스크는 이집트인들이 태양숭배의 상징으로 세운 기념비입니다. 약 20m의 높이에 무게는 200t 정도로 피라미드를 오벨리스크의 꼭대기에 올려놓은 형상입니다. 몸체의 사면에는 주로 태양신에게 바치는 종교적 헌사나 왕들의 위업을 기리는 내용으로 장식되어 있습니다.

J.

저는 지금 아스완의 미완성 오벨리스크 현장에 와 있습니다. 우리가 이곳 아스완에서 누워있는 채로 만나게 되는 미완의 오벨리스크는 기존의 오벨리스크보다 무려 6배나 큰 거대한 규모입니다. 규모가 엄청난 만큼 기반암에 생긴 균열 때문에 결국 완성되지 못한 상태로 남겨진 것입니다. 오랫동안 애써온 고대의 석공들이 그때에 느꼈을 애석함을 상상하니 숙연해지기도 합니다.

미완의 오벨리스크가 만약 완성되었더라면 높이는 대략 42m, 무게는 1,200여 톤에 달할 것으로 추정되고 있습니다. 아프리카 코끼리 200마리의 무게와 맞먹는 셈이지요. 오벨리스크의 제작자들은 기반암에서 바로 오벨리스크를 깎아 옮기려 했다가 화강암 부분에 균열이 가는 바람에 포기한 것으로 보입니다. 바닥 부분은 여전히 기반암과 이어져 있는 상태이고, 당시 사용한 도구로 생긴 흔적과 황토색 선으로 작업부분을 표시한 것이 아직도 남아 있다고 합니다.

아스완 채석장에서는 작업하다 말고 버려진 또 다른 오벨리스크가 더러 발견되기도 했다고 합니다. 또 여기서 돌을 깎아낸 흔적과 유적들이 여럿 발견되어 이집트의 유명한 오벨리스크들은 대부분 아스완의 채석장에서 캔 붉은 화강암 덩어리로 제작된 것이 아니냐는 추정도 이뤄지고 있습니다.

파라오 시대부터 그리스-로마 시대에 이르는 이집트 문명기 내내 이곳 아스완 지역은 질 좋은 석재가 생산되는 곳으로 명성이 높았습니다. 피라미드나 여러 신전들, 이집트 곳곳에서 쉽게 볼 수 있는 수많은 석상들, 날렵한 자태를 뽐내는 오벨리스크까지, 이집트 문명을 상징하는 다양한 종류의 석조 작품들은 아스완에서 채굴되는 석재가 아니었다면 만들어지기 어려웠을 것입니다.

이집트의 화강암은 우리나라의 대표적인 화강암인 쑥돌과 달리 붉은빛을 띠고 있습니다. 특히 아스완에서 생산되는 화강암은 석회암이나 사암에 비해 단단하여 거대한 구조물을 많이 만들었던 고대 이집트의 건축물에는 필수적인 재료였습니다. 또한 이곳에서 생산된 석재는 배에 실려 고대 이집트 문명의 동맥이라고 할 수 있는 나일강의 흐름을 따라서 어렵지 않게 북쪽으로 운송되었습니다. 실제로 테베에 있는 하트셉수트 사원에는 나일 강을 통해 나룻배로 오벨리스크를 실어 나른 기록이 남아 있다고 합니다. 목적지에 도착하면 인부들은 흙으로 만든 경사로를 이용해 오벨리스크의 몸체를 들어 올리고 그것을 좌우로 움직여 자리를 잡아 주었다고 합니다.

J.

이집트인들에게 오벨리스크는 무엇이었을까요? 그들에게 오벨리스크는 단지 기념비적인 의미만 있었을까요? 오벨리

스크는 이집트의 태양신 '라' 혹은 바벨론 신화에 등장하는 '니므롯'의 성기(남근)로도 알려져 있습니다. 이집트인들은 오벨리스크에 태양의 기운이 머물게 되면 세상을 구원할 구세주가 탄생한다고 믿었습니다. 영혼의 불멸과 사후세계를 믿는 이집트인들은 신전마다 바위를 통째로 깎아 오벨리스크를 만들어 세웠습니다. 하늘을 향해 우뚝 솟아오른 길고도 웅장한 오벨리스크를 보며 기호학자들은 남근을 상징한 것으로도 해석하고 있습니다.

저 또한 미완의 현장에서 인간의 어리석음과 미련함과 나약함을 보았습니다. 팔공산 동화사를 떠올리기도 했습니다. 절 입구에는 남근 형상의 조각품을 모아둔 공원이 있었습니다. 온갖 형태의 자연석으로 만든 남근을 사람들은 미륵으로 불렀습니다. 미륵은 미래의 부처 메시아를 말하는데 왜 꼭 남근에다 미륵이라는 상징을 붙였을까요?

오늘, 사막을 가로질러 이집트까지 오니 온 세상이 남근을 미래의 구세주로 찬양하고 있군요. 고대 이집트에서 태양신의 등장을 기원하며 만들어졌던 오벨리스크가 지금은 런던의 템즈 강변, 파리의 콩코드 광장, 로마 곳곳, 그리고 이스탄불과 대서양 건너 미국 뉴욕의 센트럴파크에서도 등장한다니 놀랍지 않습니까. 이탈리아의 경우에는 오벨리스크가 무려 13기나 세워져 있다는데, 이는 고대 로마의 황제들 역시 오벨리스크의 신화에 혹하여 이 대단한 물건을 바쳤다느니 빼앗았다느니 하는 논쟁은 뒤로 하고 제국의 심장부로 옮겨 놓았다는 거 아니겠습니까. 심지어 로마 교황청에서도 32.2m나 되는 거대한 오벨리스크 꼭대기에 십자가를 얹어 라테란 광장에 턱하니 세워 뒀으니, 이 무슨 조화입니까.

J.

이제 나일강에도 석양이 지려 합니다.

저는 4500년을 누워 지내는 미완의 돌덩어리를 보며 문득 오벨리스크에 생애를 바친 석공들을 생각했습니다. 그들에게도 가족이 있고, 꿈이 있었겠지요? 인간과 예술에 대해서도 생각해 보았습니다. 인간이 예술을 위해 존재해야 하나요, 예술이 인간을 위해 존재해야 하나요? 또 쓰겠습니다.

안녕히.

카사블랑카

카사블랑카(하얀 집). 이름만으로는 도박의 도시 같은 느낌이 든다. 왜 하필 카사블랑카일까. 눈부시게 흰 이슬람 사원들이 푸른 하늘을 이고 서 있어서일까. 지배자의 낭만적 호기심 때문일까.

카사블랑카는 모로코 제1의 항구도시이다. 내로라하는 한량들이 대서양을 바라보며 일주일쯤 묵어가는 곳이며, 험프리 보가트와 잉그리드 버그만의 아름다운 사랑이 우리들 마음에 남아있는 곳이다.

그러나 화려한 이면에는 수백 년에 이른 이슬람과 기독교의 투쟁 흔적이 고스란히 남아있다. 항구로 통하는 대로大路에는 관광객들을 대상으로 한 은행과 호텔, 현대적인 대형

상점들이 늘어서 있지만, 누벽이 둘러싸고 있는 아랍인 구역에는 좁은 골목길에 흰 도료를 칠한 벽돌집과 석조 가옥이 미로처럼 얽혀 있다. 해안 서쪽으로는 유럽식 정원과 별장들이 줄을 이었지만 시 외곽의 판자촌에서는 가난한 이슬람교도들이 옛날 전성기 때를 회상하며 살고 있기도 하다.

무하마드 5세 광장에서 기념사진을 찍는다. 무하마드 5세는 프랑스로부터 독립을 쟁취한 모로코의 국부이다. 광장은 카사블랑카의 최중앙, 번화가에 자리잡고 있다. 사람 수만큼이나 비둘기가 많아 현지인들 사이에는 비둘기 광장이라고도 불린다.

어느 나라나 광장에는 각양각색의 인간이 모여든다. 카사블랑카에는 의상부터가 남다르다. 한여름이라 최대한의 노출을 즐기는 외국인들과 달리 현지인들은 남녀노소 구분 없이 천으로 온몸을 가리고 있다. 부르카, 차도르, 니캅, 히잡 등의 이슬람 의상들이다. 젊은이들은 대체로 히잡을 많이 쓴다. 머리와 목을 가리는 정도라 루이비뚱, 구찌 등 명품 브랜드들이 패션 아이템으로도 활용하고 있다고 한다.

자전거를 타고 있는 십 대들이 오더니 일본에서 왔느냐고 묻는다. 한국에서 왔다고 했더니, 오! 코리아! 열광하면서 빅뱅과 방탄소년단을 들먹인다. 덩달아 반가워서 이것저것 물어보고 사진도 찍었는데, 구태여 자신들의 핸드폰으로도 찍어달라고 조른다. 친구들한테 자랑할 거라고 난리다.

분수대 주변의 이슬람 가족들에게 눈이 간다. 온 가족이 더위를 피해 광장에 나온 것 같은데 얼굴만 내어놓은 차도르 차림이다. 사진 같이 찍겠느냐고 물어보기도 전에 저쪽에서 먼저 만면에 웃음을 띠며 우리에게 다가온다. 웃음은 세계 공통 언어이다. 이 사람들은 특유의 인간적 미소를 지녔다. 적으로 하여금 무장을 해제시키는 마력이 있다. 나는 손자로 보이는 아이를 껴안고 포즈를 취한다.

그때였다. 도로변 야자수 아래에서 셀카를 찍고 있는 한

여인이 나의 시선을 붙잡았다. 온몸을 검정 천으로 가리고 눈만 내어놓은 니캅 차림이었다.

40도의 무더위에 온몸을 덮은 채 군중에서 비켜나 셀카를 찍고 있는 여인. 나는 천천히 여인에게로 다가갔다. 우리 팀과 함께 사진을 찍겠느냐고 물었다. 남자가 섞여 있어서 안 된다는 답이 돌아왔다. 그럼 여자끼리면 괜찮겠느냐고 물어 가까스로 허락을 얻었다. 옆에 선 순간 나는 다시 놀랐다. 니캅 너머로 보이는 얼굴은 곱게 단장이 되어 있었다. 아무에게도 보일 수 없고 자신만 아는 얼굴임에도 영화배우처럼 공을 들여 화장을 하고 있었던 것이었다. 나는 마음이 착잡해졌다. 누가, 무엇이 이 아름다운 여인을 이토록 구속하는가.

오래 전 신문에서 읽은 짧은 기사 하나가 떠올랐다. 이슬람의 어느 갓 결혼한 신부가 랍비에게 질문한 내용이었다.

"부부끼리는 알몸을 볼 수 있나요?"

랍비가 점잖게 대답했다.

"네. 그러나 자세히 보아서는 안 됩니다."

또 다른 기사. 조선 시대 우리의 할머니들이 젊은 날 이슬람 여인들처럼 쓰개치마를 덮어쓰고 다녔을 때, 골목에서 남정네들을 지나치고 나면 슬그머니 뒤돌아보더라고 했다.

인간의 본능이다. 이를 두고 유럽의 어느 정신분석가는 '억압하는 것은 반드시 회귀한다'고 했던가.

날이 저물고 우리를 태우고 갈 차가 도착했다. 일행 중 누군가가 대서양 해변가에서 커피라도 한 잔 하고 가자고 했으나 묵살되었다. 나는 그보다 여기 어디, 영화 〈카사블랑카〉의 무대가 되었던 바bar가 있다던데 거기서 술이나 한 잔 하고 싶었으나 참았다. 이슬람 사원을 직접 보았고, 그들 삶의 단편을 본 것으로 만족하기로 했다. 나라마다 시대에 따라 문화가 다른 걸 어쩌겠는가. 우리는 버스를 타고 탕헤르로 출발했다. 굿바이, 카사블랑카.

콜럼버스의 달걀

1980년대 미국 여행을 갔을 때였다. 저녁식사 때 맥주를 한잔 하는 자리에서 현지 가이드가 자기의 가정사를 화제에 올렸다. 초등학생부터 밑으로 아들만 넷이라 했다. 그는 20 대에 집안이 쫄딱 망해 절벽에서 뛰어내리는 심정으로 미국 땅을 밟았다고 하면서 박정희 대통령의 산아제한 정책을 신랄하게 비판했다. 미국에 와 보니 곳곳이 빈 땅이고, 아직도 국기만 꽂으면 제 나라 땅이 되는 미개척지가 수두룩한데 위정자라는 사람이 한반도 끄트머리 손바닥만 한 땅을 끼고 그 안에서 나눠먹기 정책을 펴는 것이 갑갑하다는 것이었다.

그는 작은 나라일수록 아이를 많이 낳아 민들레 홀씨처럼 전 세계에 뿌려야 한다고 역설했다. 또한 그는 자신의 아들 중 한 놈을 반드시 미국 국회에 입성시키겠노라고 큰소리쳤다. 우리는 모두 장하다고 박수를 쳤는데 오늘 그의 말이 문득 떠오른 것은 바르셀로나에서 본 콜럼버스 동상 때문이었다.

스페인에서는 신대륙을 발견한 콜럼버스에게 높이가 무려 60m나 되는 기념 탑을 세워 꼭대기에 동상을 만들어 올려놓을 뿐 아니라 유해가 담긴 관까지도 세비아 성당에 모셔두고 있었다. 가톨릭 국가에서 성당에 관을 모시는 것은 성인이나 왕이 아니면 지극히 이례적인 경우이다. 세비아 성당은 전 유럽에서 세 번째로 큰 성당이다.

콜럼버스는 타고난 뱃사람이었다. 그는 일찍부터 신대륙 발견의 꿈을 꾸었다. 그의 꿈은 마르코 폴로의 『동방견문록』에 나타나는 황금의 섬을 발견하는 것이었다. 모험심이 강한 콜럼버스는 장차 선장이 되어 동방을 탐험하겠다고 결심했다. 마르코 폴로가 2년 걸려서 낙타나 말을 타고 육지로 간 동방을 그는 한 달 만에 배를 타고 바다로 갈 계획을 세웠다.

콜럼버스의 생각, 즉 바닷길로 동방에 이른다는 생각은 지구가 둥글다는 것을 전제로 한다. 대서양의 서쪽으로 항해를 한다면 둥근 지구의 표면을 돌아 동방에 이를 수 있다는 것이 그의 신념이었다. 콜럼버스의 신념은 피렌체의 지리학자인 토스카넬리와의 서신 교환으로 더욱 굳어졌다. 토스카넬리는 콜럼버스에게 지구 구형설을 역설하며 동방으로 가려면 육지로 가는 것보다 서쪽 바다로 곧장 가는 것이 훨씬 가깝다고 주장했다.

콜럼버스의 방대한 계획에 날개를 달아준 사람은 스페인의 이사벨라 여왕이었다. 여왕은 자기 나이 또래의 이 거칠고 무모해 보이는 남자에게 새로이 발견된 땅으로부터 얻어지는 모든 이익의 10%를 약속하며 탐험 선단을 출범시켜주었다. 이후 어려움도 많았고 시행착오도 적지 않았으나 여왕은 그를 적극 후원했다.

재미있는 것은 콜럼버스의 착각이었다. 콜럼버스는 지구의 반지름을 약 400해리로 측정하여 시속 3노트로 항해했을 때 한 달이면 동방에 도달할 수 있다고 생각했다. 이는 지구의 둘레를 실제보다 절반 정도로 잘못 측정한 것이었다. 콜럼버스가 만일 대서양을 건너면 아메리카 대륙이 있고 아메리카 대륙을 넘으면 대서양보다 더 넓은 태평양이 있다는 것을 알았다면 서쪽으로 해서 동방으로 갈 엄두를 낼 수 있었을까?

심지어 그는 자기가 발견한 신대륙도 인도의 서쪽이라고 믿었다. 콜럼버스가 서인도라고 믿었던 땅이 얼마 뒤 아메리고 베스푸치라는 항해사에 의해 신대륙임이 밝혀지자 사람들은 그의 이름을 따서 '아메리카' 대륙이라고 지었다고 하니 착각치고는 흥미롭지 않은가.

　그럼에도 불구하고 콜럼버스의 항해가 서방 항로 탐험을 크게 자극한 것은 부인할 수 없는 사실이다. 스페인의 항해사 발보아는 파나마 지협을 건너 처음으로 태평양을 건넜고, 마젤란은 콜럼버스로 인해 세계 일주의 모험을 시도하게 되었다.

우리는 흔히 '만장일치로 이루어지는 역사는 없다'고 한다. 만일 그 당시 이사벨라 여왕이 콜럼버스의 신대륙 탐험을 반대하는 신하들에 휘둘려 콜럼버스를 후원하지 않았다면 어떻게 되었을까. 후에 콜럼버스가 향신료와 황금을 찾는 데 실패하고 여러 불미스러운 일로 여왕마저도 크게 노하여 후원을 중단하게 되었을 때 우리는 그 유명한 일화를 만난다. '콜럼버스의 달걀'이다.

콜럼버스를 비난하는 여론이 온 스페인을 들쑤셔놓자 한 시민이 콜럼버스에게 말했다.

"자네 아니면 신대륙을 탐험할 사람이 없겠는가? 누구라도 배를 몰고 대서양 서쪽으로만 가면 되는 거 아닌가?"

이 말에 콜럼버스가 껄껄 웃으며 대답했다.

"그렇다면 당신은 달걀을 이 탁자 위에다 세울 수 있겠소?"

"뭐라고? 탁자 위에다 달걀을 세우라고?"

아무도 달걀을 세우지 못하자 콜럼버스가 자리에서 일어났다.

"내가 해 보리다."

콜럼버스가 달걀의 뾰족한 부분을 탁자 위에 가볍게 툭툭 쳐서 똑바로 세워 놓았다.

"그렇게 세우는 거야 누가 못 할까!"

사람들의 항의에,

"바로 그것이오. 누가 한 번 세운 뒤에는 아무라도 쉽게 세울 수 있지요. 무슨 일이든 맨 처음 하는 것이 어려운 법이오. 탐험도 이와 마찬가지가 아니겠소?"

자신의 아들을 반드시 미국 국회에 입성시키겠노라고 큰소리친 현지 가이드는 그 후 어떻게 되었을까. 세월이 많이 흘렀으니 이제는 아들들도 중년에 접어들었으리라. 비자 발급조차 하늘의 별 따기였던 그 시절 부친께서 혈혈단신으로 태평양을 건너 자갈밭에 민들레 홀씨를 뿌렸으니, 그 뿌리가 오죽 실하고 질기겠는가. 어디서 무엇을 하든 신대륙의 달걀을 부지런히 세우고 있기를 바라며 나는 손을 번쩍 들어 지중해를 가리키고 있는 콜럼버스의 동상 앞에 오랫동안 서 있었다.

네르하의 치마

치마를 샀다. 스페인 네르하의 벼룩시장에서다. 폭이 넓고 집시 느낌이 나는 치마이다. 춤을 출 것도 아닌데 반짝이 장식까지 달렸다. 아랍계의 여자가 치마폭을 360도 너풀너풀 펴 보이며 왈라솰라 하는 바람에 집어 들고 말았다. 사람이건 물건이건 인연이 있는가 보았다.

야밤에는 플라멩코flamenco 관람이 잡혀 있었다. 플라멩코가 무엇인가. 정열적인 무도 리듬과 느린 발라드를 공유하는 집시들의 춤이 아닌가. 우리에게는 카르멘이 호세를 유혹한 춤으로 더 잘 알려져 있다. 나는 기분을 내어 새로 산 치마를 챙겨 입었다. 두툼한 운동화도 벗어던지고 가벼운 구두로 갈아 신었다.

홀 안은 관람객들로 발 디딜 틈이 없었다. 겨우 겨우 지정된 좌석을 찾아 앉으니 앞에 놓인 테이블에는 와인에 과일을 넣은 상그리아가 한 잔씩 놓여 있었다.

막이 오르자 무희들이 춤을 선보이기 시작했다. 노래와 춤과 사바티아드(발을 구르며 내는 소리). 그리고 손뼉 소리. 무엇보다 내 눈을 끈 것은 물결처럼 층을 이룬 무희의 화려한 치마였다. 치마는 이미 무희에게 소속된 오브제(물건)가 아니었다. 저 스스로 무희와 손을 잡고 춤을 구성하고 있었다.

세상을 덮듯 무대를 한바탕 크게 휩쓸다가, 문득 한순간 아름다운 골을 이루며 무희의 허벅지를 쓰다듬다가, 다시 그 치마는 요술처럼 스르르 내려와 발을 덮었다. 춤은 느리고 우아하게 시작해 갑자기 숨 막히도록 치마를 감고 빠르게 이어졌다. 삶의 기쁨과 괴로움, 사랑과 미움, 애수와 정열의 표현이었다. 맴버 중 나이 든 무어인 남자의 구원을 갈구하는 듯한 애절한 노랫소리는 심금을 울리며 무희의 치마폭으로 흘러 들어갔다. 누군가 플라멩코는 땅끝에서부터 끓어오르는 슬픔을 제어하기 위한 안타까운 몸부림이라 했던가.

지금까지 나는 치마를 여자의 몸에 드리워진 커튼 정도로 생각하지 않았나 싶었다. 아니었다. 그것은 치마가 된 순간 몸의 일부로 변신하는 것 같았다. 억울함을 일러바치는 아이의 눈물을 닦아주고, 연인을 향한 그리움을 자제하느라 입가를 훔쳐 주고, 열정을 숨기느라 몸을 휘감는 또 다른 몸이었다.

그뿐인가. 짝사랑하다 죽은 총각의 상여도 황진이의 치마가 덮어주었고, 귀양 가 있는 지아비에게 절절한 연심을 보낸 것도 정약용 아내의 치마였다. 그것은 감히 창을 가린 커튼에 비할 것이 아니었다. 절실하고 뼈 아픈 언어였고, 메시지였다.

"빠르돈(미안합니다)."

옆에 앉은 사람이 나의 치마에 상그리아를 쏟은 모양이었다. 나는 손을 저으며 괜찮다고 말하고 치마를 털었다. 치맛자락을 열어 액체를 털어내는데 뜬금없이 된장 생각이 왜 났을까. 이를테면 저 무희가 플라멩코 치마를 입고 저녁상을 차리는 거다. 된장을 보글보글 끓여 놓고 치맛자락을 허벅지까지 살짝 올리며,

"여보, 식사하세요."

하면 그녀의 호세가 붉은 망토를 휘날리며

"알았소, 같이 먹읍시다."

하다가, 아이쿠, 그녀는 치마에 걸려 넘어지고 호세 역시 망토를 덮어쓰고 넘어진다면?

나는 속으로 웃음을 삼키며 내 몫의 상그리아를 한 모금 마셨다. 우리 삶이 저 무희의 치마폭처럼 자유로우면 얼마나 좋을까. 바람을 가득 안았다가 뱉었다가, 마음을 휘휘 감았다가 풀었다가, 언제든지 나에게로 돌아와 다시 꽁꽁 싸맬 수도 있다면?

귀국해서 보니 집시치마는 입을 일이 별로 없어 보였다. 코 앞 수퍼에 떨쳐입고 콩나물을 사러 갈 형편도 아닐뿐더러 몸치인 내가 그걸 입고 호세를 유혹할 것도 아니었다. 그렇더라도 나는 치마를 잘 간직해 두기로 했다. 혹, 아는가. 어느 날 내 안의 집시 기질이 부스스 발동하여 산 넘고 바다 건너 지중해안 어디 집시촌을 헤매게 될지. 네르하의 치마는 장롱 속 깊은 곳으로 들어갔다.

클레오파트라

J.

근 열흘 동안 나일강 주변을 기웃거리다가 오늘은 지중해로 왔습니다. 알렉산드리아입니다. 이 도시는 이집트를 침공한 알렉산드로스가 죽자 프톨레마이오스 왕조가 들어서면서 수도가 된 곳입니다. 프톨레마이오스 왕조는 기원전 305년부터 기원전 30년까지 이집트를 다스린 파라오였습니다. 이 왕국에서는 남자 통치자들은 모두 프톨레마이오스로 칭하고, 여자 통치자들은 모두 클레오파트라로 불렀습니다. 영화로 만들어진 클레오파트라는 클레오파트라 7세입니다.

J.

모든 역사가 그러하듯이 클레오파트라에 대해서도 그리

스 쪽과 이집트 쪽의 평가는 판이합니다.

먼저 그리스 쪽에서는 키케로Cicero부터 버나드 쇼George Bernard Shaw와 시오노 나나미에 이르기까지 그녀를 역사상 가장 유명한 팜 파탈로 매도하고 있습니다. 당대의 로마인들은 이집트 정복을 정당화하기 위해 로마에 저항한 그녀를 맹비난했습니다. 디오 카시우스Dio Cassius와 같은 로마의 역사학자는 클레오파트라를 아예 카이사르와 안토니오를 유혹한 매춘부로 치부했습니다.

반면에 이집트 쪽에서는 클레오파트라에 대해 로마인들과 견해를 달리 했습니다. 여왕을 민중의 언어인 이집트어를 구사할 줄 아는 유일한 파라오로 기억했습니다. 클레오파트라는 마케도니아의 혈통을 가진 파라오였음에도 불구하고 자신의 권력 기반을 왕가를 따라 이주해 온 그리스계 주민들로 삼지 않고 대다수 민중인 토착 이집트인들로 삼았습니다. 강대국 로마 제국을 이용하여 나라를 보전하려는 시도도 많이 했고, 이집트 종교의 이름으로 다시 한번 이집트 황금기를 열고자 노력한 호걸이라는 평가가 압도적입니다.

여기서 우리는 궁금한 것이 있습니다. 클레오파트라가 정말 팜 파탈을 연상할 정도로 눈에 띄는 미인이었나 하는 점입니다. 역사가마다 말이 다른 데다 파스칼은 그의 『명상록』에서 '클레오파트라의 코가 조금만 낮았더라면 세계의 역사는 달라졌을 것이다' 라고 했다니 말입니다.

영국의 대영박물관은 서른 살 무렵 클레오파트라의 실제 모습을 본뜬 조각상을 소장하고 있습니다. 검은 대리석으로 만들어진 이 조각상을 기준으로 보면 키는 150센티 정도로 당시 기준으로도 작은 편이었다고 합니다. 얼굴도 미인이라기보다는 강인한 인상을 주는 여인이었다고 하네요. 그러나 클레오파트라는 그 시대를 살았던 전 세계의 여성들 중에서 최고의 지성을 갖추고 있었다고 합니다. 어렸을 적부터 문학, 과학, 수학, 철학, 천문학, 수사학, 의학 등 모든 분야의 지식을 섭렵한 데다 어학 분야에서는 천재였다고 하는군요. 『플루타크 영웅전』의 저자인 그리스 출신 플루타르쿠스 Mestrius Plutarchus도 클레오파트라가 타고난 미모 자체는 특별하지 않았지만 '이상한 매력' 을 지니고 있었다고 기록하고 있습니다.

특히 화술과 연출력이 뛰어났다고 합니다. 우리가 기억하는 영화의 그 유명한 장면, 시대의 영웅 카이사르와 안토니오를 유혹하는 장면을 보면 예사로운 인물은 아니었던 듯싶습니다. 그녀가 헬레니즘 왕조의 핏줄을 이어받은 유서

깊은 왕가의 여인이라는 사실도 일반인에게는 다가갈 수 없는 신비한 매력이 되었을 것입니다.

J.

오래된 국가는 어디든 조상 덕을 톡톡하게 보는 모양입니다. 중국이 공자를 2,500년이 지난 지금까지도 우려먹듯이 이집트에서도 클레오파트라가 단연 으뜸 상품입니다. 지갑을 사든 목걸이를 사든 하다못해 냉장고에 붙이는 마그네틱을 사든 클레오파트라가 빠지는 법이 없습니다. 이집트 돈에도 어김없이 클레오파트라가 등장하는군요. 그리스어로 무어라 적혀있어 로컬 가이드에게 물으니 '클레오파트라 여왕, 새로운 여신'이라는 뜻이라고 합니다.

일찌감치 헤밍웨이라는 별명이 붙은 로컬 가이드는 여기서도 바쁩니다. 버스에서 내리자마자 가방을 열더니 클레오파트라가 서른 즈음에 입었던 의상 패션을 끄집어냅니다. 우리에게 클레오파트라 체험을 시켜줄 모양입니다. 여행팀은 모두 열광했습니다. 이집트 특유의 머리 장식에, 반짝이가 달린 긴 드레스를 입은 우리는 지중해를 배경으로 기념사진을 찍었습니다.

신라 시대의 선덕여왕이 생각났습니다. 아들이 없던 진평왕의 맏딸로 태어나 신라 최초의 여왕이 되었지요. 재위 16

년간 황룡사 9층 목탑과 첨성대 등을 세웠고, 김춘추, 김유신 같은 명장을 거느리며 삼국통일의 기초를 닦아 놓았습니다. 그럼에도 불구하고 당시 여왕에 대한 평가는 야박했습니다. 독신의 몸으로 그 많은 정적들과 맞서야 했던 여왕의 고독이 느껴졌습니다.

사진을 받아본 우리는 폭소를 터뜨렸습니다. 카이사르도, 안토니오도, 고독도 없는 빈 껍데기의 클레오파트라들이 멍청한 포즈로 서 있었습니다. 그러고 보니 우리는 이미 클레오파트라의 나이를 훌쩍 넘어 있었습니다. 세상을 한바탕 들었다가 내려놓은 그녀는 고작 39세에 스스로 생을 마감했다고 하지요. 내일은 귀국 비행기를 탑니다. 만날 때까지 안녕히.

2부
2200년 전

가우도 駕牛島

글 모임에서 가우도駕牛島를 가게 된 것은 우연이었다. 여행 코스를 논의하던 중 산악회의 등반대장을 하던 회원의 입에서 '가우도' 가 나왔다. 우리는 서로의 얼굴을 바라보았다. 듣도 보도 못한 섬이었다. '아주 작은 섬이에요' 귀가 솔깃했다. '아주 작은…' 이 우리의 마음을 사로잡았던 것일까.

가우도는 전남 강진만의 8개 섬 가운데 유일하게 사람이 사는 섬이다. 오랫동안 이름 없는 섬이었다가 2005년 가우리라는 주소를 갖게 되면서 독립마을로 승격되었다. 섬의 생김새가 소(牛)의 목에 거는 멍에처럼 생겼다고 해서 이름 첫 자에 '멍에 가駕'를 쓰게 되었다고 한다. 2017년 현재 14

가구 31명이 산다고 하는데, 남 15명, 여 16명이다. 환상적인 비율이다.

가우도에는 육지로 통하는 정기 여객선이 없다. 길이 500m가량의 출렁다리를 이용하는데, 교량 폭은 왕복하는 행인이 불편하지 않을 정도로 적당하다. 다리 중간 즈음에는 강화유리로 바닥을 깔아놓은 지점이 있어 발밑 유리 아래로 파도치는 바다가 내려다보인다. 아찔하지만 나쁘지 않다. 설렘까지 동반한다. 실제로 앞을 가던 젊은 연인은 발밑을 내려 보다가 소스라치며 몸을 밀착시키기도 한다. 얼굴을 들면 눈앞에 높고 푸른 보은산이 다가와 있다.

섬은 왜 섬일까. 바다에 왜 홀로 떠 있을까. 나는 섬을 '서다'의 명사로 이해한다. 섬은 바다에 홀로 서 있는 육지이다. 밤이고 낮이고 그는 서 있다. 자지도 않고 먹지도 않고 그는 서 있다. 누구를, 무엇을 기다리고 있을까.

섬을 보면 나는 19세기 후반 유럽을 흔든 드레퓌스 사건이 생각난다. 프랑스 육군의 포병 대위였던 드레퓌스는 유대인이라는 이유 때문에 반역죄의 누명을 쓰고 프랑스령 기아나의 악마섬으로 유배당한다. 한 번 가면 살아 생전 돌아올 수 없는 섬이다.

밤이고 낮이고 해금 소식을 기다리던 드레퓌스는 어느 날

섬을 마주하고 자신의 억울한 속내를 털어놓고 싶어졌다. 그는 입을 열어 '봉쥬르(안녕)'라고 시도해 보았다. 소리가 나오지 않았다. '브…'에서 소리는 멈추고 말았다. 너무 오랫동안 말을 해 보지 않아서 말을 잃어버린 것이었다. 그는 절망했다. 슬픔이 목까지 차올랐다. 주저앉아 땅을 치며 통곡하고 싶었다. 그러나 통곡마저 여의치 않았다. 울음소리역시 '아…'에서 이어지지 않았기 때문이었다. 그는 말을 잃은 채 또 다른 섬이 되어 하염없이 서 있기만 했다.

가우도에서 하나뿐인 마을 식당에서 점심을 먹은 일행은 섬 일주를 나섰다. 섬 둘레가 2.5km라 누구나 쉽게 해안선을 따라 산책하듯 섬 한 바퀴를 돌 수 있었다. 날씨도 맑고 바람도 높아 산과 바다가 한눈에 들어왔다. 산 정상 8부 능선에는 그 옛날 병사가 말을 달리던 평평한 터도 남아 있고, 바닷가에는 물고기 떼를 해안으로 유인하는 상록수림도 울창했다. 이렇게 아름답고 풍광 좋은 섬에다 주민들은 왜 '멍에 가(駕)'를 덧씌워 놓았을까.

어쩌면 관광객과 정착민은 생각이 다를지도 모른다. 잠시 다녀가는 나그네가 맑은 공기와 산과 바다에 열광하는 동안 정작 주민들은 이곳의 삶을 멍에로 인식할 수도 있을 것이다. 운명의 신은 호시탐탐 인간의 목에 멍에를 씌운다. 도보

꾼과 낚시꾼이 득실거리는 속에서 손바닥만 한 채마밭을 일
구고, 가오리 잡이, 꼬막과 바지락 채집으로 생계를 잇는 삶
이 어찌 고달프지 않겠는가. 누군가에게는 뜬구름 같은 무
책임한 낭만이 또 누군가에는 삶의 멍에일는지도 모른다.

　"저기 황가오리 빵집이 있네요. 벤치에 앉아 기다리세요.
사 올게요."

　젊은 회원 한 사람이 뽀르르 가서 황가오리 빵을 사 온다.
이 섬의 특산물이다. 빵 속에 가오리는 물론 없다. 육지에서
파는 잉어빵에 잉어가 없는 것과 마찬가지다.

가오리 모양의 황색 밀가루 빵일 뿐이다. 그런데도 봉지 안으로는 회원들의 손이 분주히 들락거린다. 습관처럼 환상과의 타협이 이루어진 결과이다.

바다를 보며 나는 다시 드레퓌스를 생각한다. 유배 생활 10여 년 후 그는 악마섬에서 풀려났다. 진범이 나타났기 때문이었다. 그는 모든 혐의를 벗고 복권이 되어 육군에 복직했다. 승진은 물론, 프랑스 최고의 시민에게 수여하는 '레지옹 드 뇌르' 훈장까지 받게 된다.

해금 소식을 듣고 바닷가에 주저앉아 눈물 한 번 펑펑 쏟았느냐고? 글쎄다. 당시 어느 신문도 그의 통곡을 언급하지는 않았다고 한다. 드레퓌스인들 울고 싶다고 어찌 다 울겠는가. 우리 삶이 통곡이나마 시원하게 할 수 있던가.

눈썹담

처음 보는 주택에서는 이상하게도 담 모양을 눈여겨보게 된다. 집 주인의 성격이나 사람됨이 담을 통해 감지되는 경우가 많기 때문이다. 담은 이를테면 사람의 등과 같아서 앞모습에서 드러나지 않는 내밀한 그 무엇을 품고 있다. 누가 나에게서 등을 돌릴 때 그것은 나에 대한 거부를 의미한다. 담도 이와 다르지 않다. 담으로 인해 안과 밖이 구분되고 내 것과 남의 영역이 확연해진다.

지난달 나는 지구상에서 가장 아름다운 담을 보았다. 경주의 양동마을에서다. 우리나라의 전통 가옥이 대부분 평지에 자리 잡고 있는 데 비해 양동마을 고택은 신분의 위계에 따라 자리가 다르다. 가장 위쪽에는 종가가 있는 반면 그 아

래에는 지손들의 가옥이 단을 이루며 배치되어 있다.

규모 또한 아래로 내려올수록 점점 작아져서 맨 아래에는 외거노비가 기거한 가립집(초가)들이 있다. 내가 주목한 것이 바로 이 가립집의 눈썹담이다. 눈썹담은 흙담 위에다 짚을 사용하여 여인의 눈썹처럼 곡선을 살려 이영을 얹어놓은 담을 말한다. 비가 와도 담이 무너지지 않게 하기 위함이다.

해마다 가을걷이가 끝나면 농부들은 볏짚을 이용하여 집과 담의 지붕을 새것으로 인다. 평생을 가난 속에서 허덕이는 민초들은 올 한 해도 무사히 추수를 끝내게 됨을 감사하며 이제는 가족을 위해 자신의 담을 손질하는 것이다.

담 이영을 얹을 때는 중앙에 도부룩하게 용마름을 엮은 다음 길이를 따라 양쪽에 시래기를 꿰듯 이영꼬챙이를 만들어 끼우는 방법을 쓴다. 보기에는 쉬워 보이지만 전문가에 준하는 솜씨와 감각을 필요로 한다.

더러는 마음속으로 바로 위의 기와집 담을 비웃을 수도 있겠다. 그 집 담은 솔가지를 얹은 소깝담이다. 재물도 없이 콧대만 높은 양반네들은 변변한 일꾼조차 거느리지도 못하면서 노동조차 수치스러워하는 족속들이다.

아무도 몰래 뒷산에서 솔가지나 조금 꺾어 와서 집 담 위에 얼기설기 얹어놓고 지낸다. 그나마도 게으른 탓에 서너

해가 지나도록 이엉을 갈지 않아 소깝담은 누렇게 변색이
되어 있다. 벼슬도 못 한 주제에 양반이랍시고 거들먹거리
는 것이 눈꼴시던 참에 새색시처럼 단장한 눈썹담과 비교하
니 어깨가 으쓱해지고 몸이 근질거린다.

노인네처럼 뒷짐을 지고 갓 이은 눈썹담을 한 바퀴 돌아
본다. 남자의 키로 가슴에도 채 못 미치는 높이이다. 인기척
을 보내기 위해 대문 쪽에서 벨을 찾을 필요도 없다. 안을 향
해 주인을 부르기만 하면 금방이라도 버선발로 달려 나올
판국이다. 담이 안을 막는 것이 아니라 밖으로 외려 넓히고
있는 것이다.
용마름이 보여주는 곡선 또한 정겹기 그지없다. 누구라도
여인의 눈썹을 연상할 수밖에 없다. 이 도령이라면 담장 앞
에 점잖게 서서 춘향의 눈썹을 생각할 것이요, 방자라면 연
신 안을 기웃거리며 향단의 눈썹을 떠올릴 것이다. 혹시 아
는가. 서당에서 돌아오는 어느 양반댁 도령이 보리를 찧고
있는 순이의 댕기를 보고 가슴 설렐지? 담으로 해서 인간과
사물이 막아지는 것이 아니라 오히려 이어지고 있는 셈이
다.
조무래기들이 재잘거리는 소리가 들려와 뒤를 돌아본다.

근처 초등학교에서 수업을 파한 모양이다. 한 무리의 아이들이 와자하게 학교를 빠져나오고 있다. 마을 앞 물 찬 논은 오수를 즐기며 모심기를 기다리고 달맞이꽃과 여린 풀들은 초여름의 햇빛과 장난 중이다.

멀리 설창산은 가슴을 드러내어 푸름을 자랑하는데 줄기를 타고 누운 크고 작은 고택들은 세월을 잠시 잊은듯하다. 맨 아래, 가장 낮게 위치한 눈썹담집은 경주 손씨의 먼 후손이 살고 있다. 문화재적인 역사와 가치가 상대적으로 적은 집이라 관광객들의 출입이 덜한 탓도 있을 것이다. 담 너머로 보이는 장독대가 주인의 손길을 탄듯 유리알처럼 반들거린다.

한 사내아이가 담장 앞으로 오더니 엄마를 부르고 있다. 촌부가 나오더니 삽작을 열고 아이를 맞아들인다. 아이는 곧장 방으로 들어가나 엄마는 종종걸음으로 부엌을 향한다. 아이를 기다리며 햇감자라도 삶아놓았는지 모를 일이다.

봉선화

건축에는 문외한인 내가 고택 답사팀에 끼게 된 것은 전적으로 운이 좋았던 탓이다. 나는 지금 청도군 임당리에 있는 내시內侍집을 보러 가는 중이다.

일행은 스무 명쯤 된다. 다양한 직업군의 모임이라 차가 움직이기 시작하자 쥐꼬리만 한 상식들을 풀어 놓는다. 내시 집의 외양과 구조에 대해 말하는 이도 있고, 내시제도가 뿌리내릴 수밖에 없었던 사회적 배경을 이야기하는 이도 있다. 그중에서도 의사인 J가 주목을 끈다. 내시의 종류와 수술방법을 들고 나온 것이다. 참석자 대부분이 나처럼 무지하여 초보적인 질문이 많다. 버스 안에 간간히 폭소가 터진다.

K는 내시의 법적 권익과 사회적 지위를 주제로 삼는다. 70대의 원로 법조인답게 거침이 없다. 어려운 법률 용어를 피해가며 쉽고도 재미있게 이야기를 풀어나간다.

"내시도 공을 세우면 충신이 되고, 살인을 하면 살인자가 됩니다."

그런데 어찌할까. 버스를 내려 집안에 들어선 순간 그 모든 유익한 정보들은 무용지물이 되고 만다. 오랜 세월 인적이 끊긴 흉가는 집안 곳곳에 검은 옷을 입은 저승사자들이 숨어있을 것같이 어둡고 음습하다. 온 몸에 소름이 돋으면서 뒤꼭지가 오싹해진다.

우선 집의 구조가 특이하다. 규모는 모두 7동으로 안채와 작은채, 큰사랑채와 중사랑채, 사당과 두 채의 곳간으로 되어 있는데 눈이 머무는 곳은 중사랑채다. 중사랑채는 곳간 두 채와 더불어 안채와 'ㅁ'자로 연결되어 있다.

건물의 방향은 임금이 계시는 북향이되 15도 각도로 어긋나게 쪽문이 나 있다. 양반댁에서는 쉽게 볼 수 없는 문이다. 쪽문을 열고 작은 마루로 나서면 북서향의 안채와 곳간이 한눈에 들어온다. 솟을대문 너머 첩의 집까지 내시의 시선 안에 있다.

더욱 놀라운 것은 중사랑채 판벽에 난 구멍이다. 이 구멍은 안채로 드나드는 사람을 감시하기 위해 만들어놓은 것이다. 안채와 곳간이 연결되어 있으니 곳간으로 드나드는 사람 역시 감시의 대상이다.

시험 삼아 일행 모두가 차례대로 구멍에 눈을 대어 본다. 중문으로 웬 남정네가 안채로 들어서는 순간이 포착된다. 자세히 보니 남자가 아니라 일행 중 한 사람인 비구니 스님이다. 21세기의 젊은 비구니 스님은 등 뒤에서 우리가 엿보는 것도 모르고 안채와 곳간을 흥미롭게 둘러보고 있다.

중사랑을 버리고 안채 마당으로 내려선다. 평생을 통해 친정부모의 사망 때만 바깥출입이 허락된 부인들이건만 담은 일반 양반 댁보다 훨씬 높다. 'ㅁ' 자의 마당에 서니 하늘마저도 네모지게 보이는데 아까부터 몸이 어째 15도 각도로 기우는 듯하다. 어긋나게 난 쪽문 탓이다. 그 문을 통해 한참 동안 안채와 사랑채를 훔쳐보았더니 이제는 아예 몸이 한쪽으로 기울어진 느낌이다.

누구던가, 몸이 마음을 만들고 마음이 생각을 다스린다고 했다. 죽을 때까지 한 남자만을 바라보며 감옥과도 같은 집에 사는 여인들에게 그 무슨 의혹이 있어 어긋난 쪽문이 필요했을까. 세상 모든 근원적인 번뇌와 고통을 짊어진 내시여인들의 한 맺힌 생애가 파노라마처럼 그려진다.

안채 뒤로는 장독대의 흔적이 있다. 독은 없고 풀들만 무성하다. 버려진 장독대가 황량하고 쓸쓸하다. 조선시대 궁중내시로 봉직한 남편을 받들어 400여 년간 무려 16대에 걸쳐 내시 가계를 이어왔다는 안주인들의 삶 또한 저러했으리라.

평생을 부부로 살면서도 운우雲雨의 정을 나눌 수 없고, 늙어 의지할 자식마저 낳을 수 없으니 그 외롭고 서러운 세월을 어떻게 견뎌냈을까. 부부의 연으로 만났으나 진정으로 일심동체가 되지 못하는 그 기막힌 사정을 누가 알까.

야사에 의하면 내시 여인들이 절망과 슬픔으로 죽음에까지 이른 일도 있었다고 한다. 장독대 옆 이끼 속에 묻힌 사금파리 몇 쪽이 여인들의 시리고 아픈 한을 말해주는 듯하다.

　비구니 스님이 오더니 장독대 앞에 쪼그리고 앉는다. 어지러운 풀 더미 속에 봉선화 몇 송이가 오롯하게 피어 있다. 그 옛날 이 집 곳간이 가득 차고 큰사랑에 손님이 끊이지 않았던 시절 여인네들의 말동무가 되었음직한 꽃이다.

　"손톱에 물들이시게요?"

　짐짓 농을 건네는 나의 말을 들었는지 못 들었는지 젊은 스님은,

　"봉선화의 꽃말이 무엇인지 아세요?" 한다.

　봉선화의 꽃말이라니? 봉선화도 꽃말이 있었던가?

　"나를 건드리지 마세요랍니다. 이 집에 어울리지 않나요?"

　스님이 봉선화의 잎을 가볍게 건드린다. 그러면서 혼잣말인 듯 중얼거린다.

　"이 댁 여인들도 손톱에 봉선화 물을 들였을까."

　내시의 여인들이 손톱에 봉선화 물을 들였는지 어땠는지는 알 도리가 없다. 그것은 세월 따라 어김없이 씨를 뿌려가며 빈 집을 지켜온 봉선화만이 알 일이다. 다만 나는 스님의

그 말을 듣는 순간 번개처럼 떠오르는 한 마디를 상기했다. 인간은 동물적인 욕구와 높은 정신적 이상을 동시에 가진 다층구조의 존재인 것을 ….

이 답사를 처음 시작할 때는 '특이한 집' 혹은 '재미있는 집'에 대한 호기심 때문이었다. 그러나 김씨 고택은 내게 더 이상 특이하거나 재미있는 집이 아니었다. 장독대 옆에 봉선화가 처량하게 피어 있는 애잔한 집이었다.

능陵

전문직 여성클럽 전국대회 개최를 위해 경주를 찾은 것은 6월 중순 무렵이었다. 선덕여왕릉으로 사전답사를 떠난 것이었다.

전국대회 유치과정에서 경주는 막판까지 제주와 치열한 경쟁을 벌였다. 그 과정에서 지역 선호도가 높은 제주를 제치고 경주가 채택된 데는 선덕여왕이라는 브랜드의 힘이 컸다. 선덕여왕이 누구인가. 신라 최초의 여왕으로 전문직 여성들에게는 롤모델이 아니던가.

선덕여왕릉은 경주시 동남쪽에 있는 낭산狼山 중턱에 자리 잡고 있다. 낭산은 산의 모양이 이리가 웅크린 모습과 같다고 하여 붙은 이름이다.

사천왕사터를 가로지르는 철길을 건너 나지막한 낭산에 오르면 울창한 소나무 숲이 보인다. 구불구불한 소나무들은 호위병처럼 능을 향해 사열해 있고, 숲 주변에는 절이 있었던 듯 각종 석재들이 방치돼 있다. 능은 둘레가 70m 정도인 평이한 원형 봉토분인데 특징이라야 자연석을 이용해 봉분 아래에 2단 보호석을 쌓은 정도이다.

"인사 올립시다."

해설사의 안내에 따라 두 손을 가지런히 앞으로 모으고 일제히 4배를 올린다. 배拜, 홍興, 배, 홍, 배, 홍, 배, 홍.

다음은 능 돌기이다. 내가 개인적으로 가장 좋아하는 프로그램이다. 탑이나 능을 맨발로 천천히 도노라면 무엇보다 시공간의 경계가 없어진다. 특히 오늘처럼 능과 우리 사이에 놓인 1400년이라는 시간을 좁히자면 최대한 천천히 능을 몇 바퀴 돌아보아야 한다.

우리는 모두 약속이나 한 듯 신발을 벗었다. 땅 기운을 머금은 잔디를 밟는 기분이 나쁘지 않다. 뒤따라오는 해설사의 나지막한 목소리가 들린다.

"선덕여왕은 아들이 없던 진평왕의 맏딸로 태어나 신라 최초의 여왕이 되었습니다. 재위 16년간 황룡사 9층 목탑과 첨성대 등을 세웠고, 김춘추, 김유신 같은 명장을 거느리며 삼국통일의 기초를 닦아 놓았지요. 그럼에도 불구하고 당시 여왕에 대한 지방권력의 저항은 대단했다고 합니다. 독신의 몸으로 그 많은 정적들과 맞서야 했던 여왕의 고독을 한 번 느껴보십시오."

뜬금없이 나는 그 순간 영국의 엘리자베스 1세 여왕을 떠올렸다. 타임즈 조사에 의하면 영국인이 가장 사랑하는 왕 중 하나가 엘리자베스 1세 여왕이라고 하지 않던가. 그 또한 영국을 후진국에서 당당한 강대국으로 끌어 올렸으나 세상을 뜰 때까지 독신으로 살았다. 왜 세상의 모든 왕들은 여러 명의 후궁까지 두는데 여왕은 유독 동서양을 막론하고 독신이어야만 했을까.

"과인寡人은 국가와 결혼하였다."

이 말은 여왕들의 자조 섞인 위로가 아니었을까.

"능 위를 보십시오. 희미하게 길이 나 있지요."

손끝을 따라가니 능 중앙에 인간이 낸 길이 보인다. 아이들이 능 위를 헤집고 다닌 흔적이라고 한다.

해설사가 어렸을 때만 해도 능은 아이들의 술래잡기와 미끄럼 장소였다고 한다. 그뿐인가. 대학생이 되어서는 달 밝은 밤이면 친구들과 능 위에 올라가 막걸리 판을 벌였다니 뜻밖이었다. 나는 여태껏 한 번도 능은커녕 할아버지의 무덤조차도 올라가 본 일이 없었다. 일종의 경외감이랄까. 혹은 두려움 때문이었을까.

농경민들이 시체를 땅속에 묻기 시작한 것은 씨앗이 땅속에서 발아하는 데서 비롯되었다는 설說이 유력하다. 죽은 사람에 대한 부활의 강력한 소망이다. 이승과 저승을 넘나드는 영생의 기원이기도 했을 것이다.

그렇다면 여왕은 해설사와 같은 후손을 기특해하지 않았을까. 나처럼 이승과 저승의 선을 그어놓고 어쩌다 들러 절이나 올리는 후손보다는 수시로 찾아와 술래잡기도 하고 격론을 벌이는 젊은이들이 대견했을는지도 모를 일이 아닌가. 영혼이 있다면 뛰노는 아이들에게 팔을 활짝 벌리기도 하고 젊은이들 말에 귀 기울이며 미소를 짓기도 했으리라.

"저기 동쪽에 있는 능이 진평왕릉입니다. 선덕여왕의 부친이지요."

그렇구나. 햇빛에 시린 눈을 드니 넓디넓은 들판 너머로 아버지인 진평왕의 능이 보인다. 능이 사자死者의 집이라면 이렇게 눈길 닿는 곳에 부녀가 서로 이웃하고 있으니 얼마나 푸근하고 위로가 될까. 죽어서까지 염려와 그리움을 놓지 못하는 혈육 간의 애틋한 사랑이리라.

잠시 맞은편에 보이는 잘생긴 산을 놓칠 뻔했다. 낭산에서 서북쪽으로 뻗은 선도산이다. 신라 건국 초부터 신성한 곳으로 알려진 탓이리라. 확인되지 않은 능들이 거의 한 마을을 이루고 있는 산이다. 경관 또한 탁월하여 경주 출신 어느 토박이 화가는 아직도 비 오는 날의 선도산과 딱 맞아 떨어지는 그 오묘한 색을 찾지 못했노라고 고백한 적이 있었다.

그러나 우리는 화가가 아닌 관계로 좀 색다른 기억을 떠올리고 있었다. 태종 무열왕의 비妃가 된 문희이다. 문희는 김유신의 동생이다. 어느 날 언니인 보희로부터 해괴한 꿈 이야기를 듣게 된다. 꿈에 선도산에 올라가 오줌을 누었더니 서라벌이 온통 잠기더라는 것이었다. 문희는 언니를 졸라 기어이 그 꿈을 사고 말았다. 그것이 바로 천하를 얻는 꿈이었으니!

바람이 분다. 하늘은 높고 6월의 따뜻한 햇살이 이마를 간질인다. 나뭇가지에서는 작은 새들이 포르르 포르르 날고 있고 사위四圍는 고요하다. 우리는 신발을 찾아 신고 능을 떠날 차비를 한다. 떠나기 전 여왕께 작별 인사를 했다.

4배를 마친 후 해설사가 클럽회장에게 답사 소감이 어떠냐고 물었다. 오늘 밤이 지나 봐야 안다는 답변이 돌아왔다. 숙소를 선도산 밑 고택으로 잡았으니 이번에는 자신의 오줌으로 서울까지 잠기는 꿈을 꿀 수도 있지 않느냐는 반문이었다. 우리 모두 회장의 이 기막힌 포부에 박수를 보냈다. 1400년 된 능 주인의 박수 소리도 들리는 것 같았다.

상사화相思花

    함양 상림공원이 상사화相思花로 붉게 물들기 시작했다. 신라 말 이곳 태수였던 최치원이 홍수 피해를 막기 위해 물길을 돌리고 둑을 쌓아 조성한 숲이 상사화와 함께 어우러져 장관을 이루고 있다.

    상사화는 이름부터 슬픈 꽃이다. 잎이 있을 때는 꽃이 피지 않고 꽃이 져야 잎이 나기 때문에 꽃과 잎이 서로 그리워하는 것이 인간세계에서 서로 떨어져 사모하는 정인의 모습과 같다고 해서 붙은 이름이다. 꽃말 역시 '이룰 수 없는 사랑' 혹은 '이루어지지 않는 사랑'이다.

    신라 최고의 천재였던 최치원은 불운했다. 12살 어린 나이에 당나라에 유학을 가서 과거에 급제하여 금의환향했으나 신라는 그를 맞이할 준비가 되어 있지 않았다. 신라는 이미 지는 해였다. 임금은 방탕했고, 관리는 부패했으며, 나라는 기울었다. 혈통에 의해 개인의 운명이 결정되는 골품제骨品制 사회였기 때문에 육두품 신분이었던 그로서는 진골 독점체제를 극복할 수가 없었다. 심혈을 기울여 '시무십조時務十條'라는 사회개혁안을 만들어 왕께 올렸으나 무위에 그치자 그는 좌절하여 속세를 떠났다. 방랑 끝에 신라 땅에서 자취를 감추었지만, 신발만 남긴 채 가야산의 신선神仙이 되고 말았다고 전해질 뿐 그의 마지막은 천년이 지난 지금까지도 베일에 싸여 있다.

최치원에게 안타까운 일화가 전해지고 있으니 쌍녀분雙女墳에 얽힌 설화이다. 쌍녀분은 최치원이 당나라에서 율수현 현위로 근무할 때 자신이 관할하는 지역을 시찰하던 중 발견한 무덤이다. 무덤에는 처녀 두 명이 묻혀 있었다. 아름다운 용모에 재기가 넘쳤지만 아버지가 돈에 눈이 멀어 늙은 소금 장수와 차 장수에게 억지로 시집보내려 하자 이를 거부하며 스스로 목숨을 끊고 말았다. 사연을 들은 최치원은 자매의 죽음을 애도하며 비석을 세우고 시를 지어 외로운 혼백을 위로했다.

그날 밤 최치원이 역관에서 잠을 자는데 자매가 찾아왔

다. 자매는 최치원에게 자신들의 불행한 신세를 토로했고, 이를 딱하게 여긴 최치원은 자매를 극진히 대접했다. 세 사람은 서로 술을 권하며 달과 바람을 시제 삼아 시를 짓고 노래를 들으며 즐겼다. 이윽고 셋은 서로를 받아들여 한 이불 아래서 사랑을 나누었으니 이를 설화집 『신라수이전新羅殊異傳』에서는 이렇게 전하고 있다. "깨끗한 베개 세 개를 나란히 놓아두고 새 이불을 펼친 다음, 세 사람이 한 이불에 누우니 곡진하고 다사로운 정은 이루 말할 수 없었다."

하지만 이들에게 하늘이 허락한 사랑은 오직 하룻밤만이었다. 인간과 귀신의 사랑이었기 때문이다. 날이 새자 두 낭자는 평생토록 연모하겠노라 다짐하며 황황히 사라졌다. 최치원은 꿈이 실제처럼 생생한 데다 자매에 대한 정도 깊어 무덤으로 달려가 다시 두 낭자를 애도했다고 한다.

누군가를 연모戀慕함에 그 대상이 이승과 저승이어도 가능한 일일까. 최치원과 관련된 쌍녀분의 전설은 물론 후대에 만들어진 이야기일 것이다. 최치원이라는 이십 대의 젊은 지식인이 쌍녀분에 대해 애민사상을 발휘한 것을 두고 후대의 사람들이 전설을 만들어냈을 수도 있다.

쌍녀분을 찾았을 때의 최치원은 전도양양한 젊은이였고, 요절한 두 낭자는 스스로 목숨을 끊은 한 많은 여인들이 아

니던가. 최치원은 젊은 기백으로 두 낭자의 넋을 위로했을 것이고, 사람들이 여기에 살을 입혀 전설을 만들어냈을 것이다. 그렇다 하더라도 최치원이 그때 두 낭자의 넋을 위로하느라 썼다는 '뜬구름 같은 이 세상의 영화는 꿈속의 꿈(浮世榮華夢中夢)'이라는 구절은 상사화의 '이루어질 수 없는 사랑'을 예견한 것이 아닐까. 그가 좌절과 울분 속에 살았을 이곳 상림공원에 천년이 넘어 저리도 상사화가 만발한 것을 두고 우연이라고만 할 수 있을까.

걸음을 옮겨 산책로로 접어든다. 길을 따라 좌우로 붉게 핀 상사화가 허리를 곧추세우고 서 있는 품이 누군가를 애타게 기다리는 모양새다. 상사화는 무리 식물이다. 여름까지 자취도 없던 것이 가을이 되면 불현듯 꽃대를 밀어 올려 붉디붉은 꽃을 무더기로 피워 올린다. 일생을 두고도 꽃과 잎이 만나지 못하는 기막힌 운명의 꽃 상사화. 기다림에 지쳐 목을 늘인 꽃술은 이미 갈기갈기 찢겨졌다.

하늘이 내린 그들의 하룻밤을 생각한다. 평생의 한을 풀었다던 두 낭자는 아직도 최치원을 연모하고 있을까. 지고지순한 자매의 사랑이 시대를 거스른 한 불운한 지식인에게 다소나마 위안이 되었을까.

날이 저문다. 한 줄기 강바람이 꽃대를 건드리자 꽃잎이 파르르 떨며 우수수 떨어진다. 석양마저 보태어 사방은 온통 물감을 뿌린 듯 붉은데, 때 이른 저녁달이 차마 자리를 뜨지 못하고 천년의 숲을 내려다보고 있다.

청산도에서

여행에도 운이 작용하는 모양이다. 나는 청산도행을 두 번이나 실패했다. 날씨 때문에 완도항에서 배가 뜨지 못했기 때문이었다. 새벽 일찍 출발해서 무려 4시간을 달려갔던 곳이었다. 일행은 여객 터미널 주변을 뭉그적거리다가 돌아왔다.

이번에는 운 좋게도 무사히 배가 떴다. 40여 분의 항해 끝에 청산도에 도착했다. 그런데 어찌할까. 어처구니없게도 배에서 내리자마자 나는 돌부리에 걸려 넘어지고 말았다. 얼마나 모질게 다쳤던지 무릎이 순식간에 풍선처럼 부어올랐다. 인대 파열이었다. 졸지에 섬에서 깁스를 한 신세가 되고 말았다.

섬은 언제나 바람에 머물러 있었다. 뭍의 날씨가 여름을 재촉할 때도 섬은 아직 꽃샘바람을 벗어나지 못했다. 파도는 바위를 끌어안은 채 아이처럼 보채는데 무심한 유채꽃은 바람에 따라 몸을 깊게 눕혔다 일으키고 있었다.

"서편제길입니다. 버스는 한 시간 후 출발합니다."

안내에 따라 순환버스가 서자 동행했던 친구가 나를 부축해 버스에서 내려 놓았다. 코스에 따라 15분 혹은 30분씩 자유 시간을 주는 모양인데 서편제 길은 유독 인기가 있어 1시간이라고 했다. 내리고 보니 바로 뒤에 대학생으로 보이는 젊은이가 팔에 깁스를 하고 있었다. 부축하는 아가씨는 여자 친구일까. 우리는 서로 상대방의 깁스에 눈을 주며 미소를 주고받았다. 동병상련이었다.

하늘이 맑았다. 팔 깁스 청년이 일행을 따라 서편제 길을 도는 동안 나는 혼자 널찍한 바위를 골라 앉았다. 슬로시티의 매력은 걷기인데 나의 다리는 걸을 수 없게 단단히 묶여 있었다.

멀리 바다를 낀 작은 섬들이 고즈넉이 엎드려 있었다. 청산도는 지방자치제 이후 관광수입으로 지금은 웬만큼 살게되었지만 한때는 찢어지게 가난한 섬이었다. 갯벌에서 바지락을 캐고 자갈 투성이의 다랑이 밭을 일구며 끼니를 때웠

다. 속 모르면 청산도에 딸 시집보내지 말라는 얘기도 있었다. 섬에서 난 딸은 시집가기 전 보리 서 말만 먹고 가도 부자라고 했다.

육지에서 멀리 떨어진 이 가난한 섬이 관광 명소가 된 것은 영화 〈서편제〉의 영향이 크다 할 것이다. 잘 다듬어 놓은 산자락길이 그러하고 돌담집과 맥보리, 유채꽃들이 그러하다. 산을 돌아 구름을 맞는 황톳길이 특히 아름답다. 서편제에서 유봉일가가 진도아리랑을 부르며 내려왔던 길이다. 관광객에게는 인상 깊은 영화의 한 장면이겠으나 주인공 송화에게는 득음을 위해 피를 쏟으며 소리 공부를 하던 곳이다.

소리가 대체 무엇이던가. 비우고 채우느라 피 토한 목이 수없이 잠겼다 풀렸다 하는 중에 비로소 얻어지는 것이 아니던가. 진정한 소리꾼 유봉은 피 토하는 딸의 소리에 한恨이 부족하다 하여 약을 먹여 눈을 멀게 했다. 한은 또 무엇이던가. 욕망과 결핍이 마음속 깊이 똬리를 틀어 곪고 삭고 발효되는 것이 아니던가. 가슴속 웅어리진 한을 넘어야 소리에 한을 실을 수 있다고 그는 눈 먼 딸을 몰아세웠다.

이상한 일이었다. 만일 내가 멀쩡한 다리로 저 길을 걸었다면 한가롭게 오월의 바다와 산을 즐기는 데 그치지 않았을까. 그런데 본의 아니게 장애를 입어 일행에서 떨어져 나오고 보니 〈서편제〉 내내 나의 귀와 눈을 사로잡았던 영화 속의 장면들이 바다 한복판에 달이 뜨듯 선명하게 나타나는 것이었다. 그중에서도 송화가 내지르는 한 맺힌 가락은 심장을 후벼파는 듯 전율을 일으켰다. 세상 천지에 오직 한 점, 눈 먼 송화가 높고 험한 골짜기를 향해 쏟아내는 피 맺힌 소리였다. 소리는 마침내 감성의 오지까지 비집고 들어와 눈물샘을 자극했다. 나는 어느덧 그녀의 소리에 이끌려 가슴 깊이 묻어둔 한과 슬픔에 몸부림치는 심청이가 되고, 그리움에 사무치는 춘향이가 되었다. 청산도는 한과 소리의 섬인가.

"지루하셨죠? 다리는 좀 어떠세요?"

시간이 꽤 흐른 모양이다. 먼 산에 해가 뉘엿뉘엿 걸려 있다. 팔 깁스를 한 젊은이가 일행을 뒤로하고 서편제 길을 먼저 내려왔다. 깁스를 한 팔이 아무래도 편하지 않았던 모양이다. 우리 몸은 유기체라 비록 다리는 멀쩡하다 해도 불편한 팔이 걸음에 지장을 주었을 것이다.

"청산도는 바다도 산도 푸르다는 뜻이라네요."

권하지도 않았는데 젊은이가 나의 옆에 와 앉는다. 옳은 말이다. 청산도는 〈서편제〉 이후 아시아 최초의 슬로시티로 지정되었다. 슬로slow는 단순히 느림의 의미를 넘어서 환경,

자연, 시간, 계절과 나 자신을 귀히 여겨 느긋하게 산다는 뜻이다. 이 또한 판소리의 가락에 닿아 있음이 아닌가. 눈을 잃은 송화가 소리로 인해 평화로운 것은 그 모든 결핍을 넘어선 덕분이리라. 나와 젊은이의 장애가 오히려 송화를 온전히 느낄 수 있는 기회가 된 것처럼.

인기척이 나며 산모퉁이에서 일행의 모습이 보이기 시작한다. 젊은이와 나의 시선이 약속이라도 한 듯 산자락에 꽂힌다. 유봉과 송화가 덩실덩실 춤까지 추어가며 한가롭게 내려왔던 길이다. 한恨을 위해 몸의 결핍을 안겨 준 아비를 송화는 어떻게 받아들였을까. 어미 없이 눈까지 먼 딸을 거두는 아비는 그 아픔을 어떻게 견뎌냈을까.

해를 보듬은 산자락이 붉어지기 시작한다. 우리를 싣고 갈 버스도 어느새 도착해 있다.

2200년 전

　세계 최대의 땅덩어리와 인구를 자랑하는 중국의 시황제는 사사여생事死如生을 꿈꾸었던 모양이다. 2200년 전 겨우 열세 살에 왕좌에 올랐을 때부터 그는 자신의 무덤을 준비하기 시작했다. 고분 안에 거대한 지하 궁궐을 건설하여 살아생전 황실 근위대의 모습을 그대로 재현했다.

　앞줄에는 측면을 보호하는 궁수들과 함께 전투대열로 서 있는 보병대와 기병대 병사 천여 명을 배치했다. 중간에는 병사 천오백여 명과 수레 및 말을, 맨 뒤에는 고관들과 궁인들 수천 명을 도열시켰다. 대부분 실물 크기의 진흙으로 만들었으나 생매장한 경우도 적지 않다. 왕릉 건축에 관련된 사람들은 기밀 유출을 우려하여 매장 직후 능 안의 모든 문을 걸어 잠가 그 안에서 생죽음을 시켰다.

2200년 후, 비밀은 예기치 못한 곳에서 터졌다. 옥수수 밭에서 우물을 파던 한 농부가 실물 크기의 병사도용이 있는 갱坑을 발견한 것이었다. 2200년 동안 긴 잠을 자던 진시황의 병마대군이 땅 위로 치솟는 순간이었다. 세계 각국의 지도자들이 다투어 참관했고, 전 프랑스 대통령 시라크는 '피라미드를 보지 못했다면 이집트를 여행한 것이 아니고, 병마용을 보지 않았다면 중국을 여행한 것이 아니다' 라고 감탄했다. 현존하는 세계 7대 불가사의는 8대 불가사의가 되었다.

진시황은 쉰 살에 세상을 떴다. 그의 사후 2200년 동안 땅속에 묻혀있던 지하 궁궐에서는 8,000여 개의 병마용이 발굴되었다. 후손들은 공자에 이어 지구상 전무후무의 관광상품을 유산으로 얻어 흥분했다. 경제 부처에서는 상품가치를 추정하기에 분주했고, 관광회사에서는 홍보 자료 제작에 밤을 밝혔다.

옥수수 밭에서 우물을 파던 농부는 어떻게 되었을까? 그는 병마용갱의 발견으로 일약 스타가 되었다. 지금도 그는 홍보 서적을 사러 온 관광객들에게 사인을 해 주느라 몹시 바빴다. 내가 기웃거리자 재빨리 한국어로 된 책을 권하는

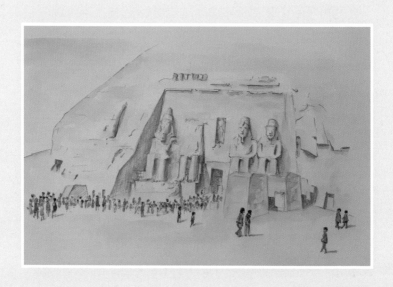

센스도 보였다.

"쎄쎄!"

지갑을 열려 하자 책 앞장에 얼른 자신의 이름과 날짜를 써 주었다. 책을 받으려는 순간 남자의 눈은 어느새 나를 비켜 일본 관광그룹으로 향하고 있었다. 바로 그때 번개처럼 스치는 생각, 그가 만일 2200년 전에 왕릉 근처에서 우물을 파다 들컸다면? 당시 약 70여만 명이 동원되었다는 지하 왕릉 건설에 노예나 죄수로 끌려갔다면?

떠날 시간이 되었는지 일행이 옷자락을 끌어당겼다.

인도양의 침〔唾液〕

J.

서울 기온 영하 10도라는 일기예보를 듣고 떠났는데, 이
곳 태국(Kingdom of Tailand)은 영상 30도를 웃돌고 있습니다.

저는 지금 태국의 수도 방콕에서 왕궁을 구경하고 있는
중입니다. 왕궁은 17세기 라마 1세가 수도를 방콕으로 옮기
면서 지어 대관식도 이곳에서 거행했다고 합니다. 주거를
위한 궁전과 집무실, 왕실 전용 사원과 역대 왕들의 옥좌가
안치된 부속건물들로 이루어져 있습니다. 장대한 규모의 왕
궁 전체가 태양을 받아 번쩍번쩍 빛이 나는데, 24K 순금으
로 칠한 것이라 합니다.

어린 시절 동화책에서 본 마이다스 임금님의 이야기가 생

각나는군요. 금을 좋아하는 그 임금님은 자신의 손이 닿는 이 세상 모든 것이 금으로 변해 주기를 기도했다가 사랑하는 왕비도, 공주도, 왕자까지도 황금으로 변하고 말았다지요.

태국은 왕을 국가의 수반으로 하는 입헌군주제 국가로서 국왕이 수상을 임명한다고 합니다. 국민들은 국왕에게 절대적 신뢰와 존경심을 갖고 있지요. 거리마다 상점마다 국왕의 사진이 걸려 있을 뿐 아니라 휴양지에서는 꽃으로 'Long Live for King'을 새겨 국왕의 만수무강을 빌고 있더군요.

화폐는 물론이고 달력에도, 부채에도 국왕의 사진입니다. 한쪽 눈이 의안이라 대부분의 사진이 측면, 또는 반측면으로 되어 있습니다. 청년 시절 교통사고로 눈을 잃었을 때 위차위라는 스님이 생약과 민간요법으로 꾸준히 치료를 해 주었다고 하는군요. 월요일에는 국왕의 장수를 빌기 위해 '노란셔츠 입기 운동'도 벌인답니다.

30년째 파인애플 농장을 하고 있다는 이곳 농장 주인은 가족사진 대신 국왕 가족의 사진을 걸어놓고 있었습니다. 악어 쇼, 코끼리 쇼, 동물원, 식물원에서는 왕의 누님이나 왕비의 웃는 사진이 우리를 맞더군요. 자애로운 모습으로 호랑이를 안고 있는 할머니가 바로 며칠 전 세상을 떠난 국왕의 누님입니다. 시신은 100일 동안 왕실 사원에 모셔둔다고 합니다. 당연히 온 국민이 문상을 오고 있지요. 어린 학생, 공무원, 일반 시민들이 검은색 상복을 입고 줄을 서서 문상하는 모습에서 저는 묘한 느낌을 받았습니다. 그중 하나는 북한의 김일성 주석이 사망했을 때 패닉 상태에 빠진 주민들의 모습이고, 다른 하나는 그저께 동물원에서 본 호랑이의 모습입니다.

태국은 관광 수입이 국가 수입의 30% 이상으로 동물들까지도 한몫하더군요. 호랑이의 경우 돼지의 젖을 먹여 야성을 제거한 후 관광객을 상대로 쇼를 해 보이는데, 유독 한 마리가 말을 듣지 않는 겁니다. 굴렁쇠에다 불을 붙여 그 속을 지나가게 했을 때 다른 놈 다 지나가고 혼자만 남았는데도 어슬렁어슬렁 피하기만 할 뿐이었지요. 어르다가 윽지르다가 먹을 것까지 주어보던 조련사가 드디어 포기하고 말더군요. 이후 그 호랑이가 어떻게 되었는지는 확인할 길이 없습니다.

O. J. Simson이랍니다. 그 호랑이의 이름이.

J.

오늘은 파타야입니다. 태국 남쪽 휴양지인데, '별이 쏟아지는 곳'이라는 뜻을 가지고 있습니다. 휴양지답게 거리도 깨끗하고, 끝이 보이지 않는 해변도 인상적입니다. 이른 아침 인도양의 해변을 한가로이 거닐며 이국의 정취를 느껴봅니다. 간밤의 풋사랑이 못내 아쉬운 듯 벤치에서 키스를 나누는 젊은이가 있는가 하면 다정하게 손잡고 거니는 배불뚝이 중년 부부도 있군요.

소년들은 부모를 도와 모래를 정리하고 텐트를 준비합니다. 손님을 받고 돈을 벌어야 하기 때문이지요. 맨발의 소녀들도 더러 눈에 띕니다. 술인지 마약인지 취한 모습이군요. 태국의 5S가 무언지 혹 아십니까? Smile(미소), Sea(바다),

Sand(모래), Sun(태양), 그리고 Sex(매춘)라고 하더군요. 의무교육을 받아야 할 어린 소녀들이 유흥가에서 공공연히 매춘을 하고 있는가 하면 소년들은 호시탐탐 관광객들의 지갑을 노리기도 합니다.

1950년대만 해도 태국은 한국에게 쌀(안남미)을 원조했다고 합니다. 지금은 국민소득 6,000불에 불과하여 27,000불에 육박하는 한국의 눈치를 보고 있는 형편이지요. 연간 200만 명이 넘는 한국 관광객이 태국을 찾는다고 하니 놀랍지 않습니까. 호텔마다 유흥가마다 한국인 관광객들이 무리지어 있는 걸 보면 격세지감이 느껴지기도 합니다.

그런가 하면 태국 국민들의 자존심은 여전히 대단하여 잘못을 해도 '미안하다'는 말을 좀처럼 하지 않는다고 합니다. 오랜 세월 현지에서 생활한 대기업 사원 부인의 에피소드 한 토막.

집에서 고용한 태국인 가정부가 어느 날 부인이 아끼던 골동품을 깨뜨렸다고 합니다. 몹시 화가 난 부인이 야단을 쳤으나 '미안하다'는 말조차 하지 않아 머리통을 한 대 쥐어박았다는군요.

6개월 후 한국으로 떠나는 날, 공항에서 가정부가 화도 내지 않고 나지막하게 부인에게 말하더랍니다. 그때 당신은 나의 자존심을 너무나 상하게 했다고. 그래서 나는 매일같이 당신 가족의 밥그릇에 침을 한 번씩 뱉었노라고 ~.

1970년대 박정희 대통령이 독일로 필리핀으로 차관을 구하러 다녔을 때 우리의 어버이들은 탄광촌에서, 중동의 건설 현장에서, 병원 시체실에서 일하며 가난한 나라의 서러움을 삼켰다지요. 그때 혹시 그들 중 누군가가 현지의 어느 부유한 집 가정부로 들어가 눈물 흘리며 침을 뱉고 있지는 않았을는지, 인도양을 바라보며 상념에 잠겼습니다.

보고 싶은 J.

한국에는 비가 많이 내렸다지요? 내일은 산호섬珊瑚島으로 이동합니다.

또 쓰겠습니다. 안녕히.

화산華山에서

　중국 섬서성의 화산華山에 가 본 사람이면 누구나 그 깎아지른 듯한 절벽과 험악한 산세에 압도된다고 한다. 또 어떤 이는 뼈대만을 자랑하는 화강암의 흰 표면이 여인의 속살 같다고 탄복하면서 우리 삶도 거추장스러운 수식은 다 빼고 사랑만 존재했으면 좋겠다고 말하기도 한다.

　다 좋은 이야기다. 화산은 분명 해발 2,155m에 이르는 중국 5악의 하나로 암벽을 타듯 기어 올라가야 하는 경사 90도의 수직 돌계단과 오금을 저리게 하는 절벽 등산로, 황천길을 무색게 하는 '장공잔도長空棧道' 로 전 세계 강심장들을 모으기에 손색이 없다.

　그러나 한편 변변한 나무숲 하나 못 거느리는 바위덩어리산이 마냥 아름답기만 한 것일까 하는 의문이 들기도 한다. 산은 모름지기 살이 되는 흙과 그늘을 이루는 나무와 피가 되는 물이 어우러져야 할 것이다. 그 어떤 연유로 스스로 폭발하여 단단한 암석이 되었는지 모르지만 바위로만 이루어진 산은 너무 완고하고 야박하지 않은가.

아찔한 절벽을 일터로 삼는 원주민 짐꾼들 또한 눈물겹다. 양쪽 어깨에 걸친 기다란 지게에 짐을 잔뜩 매달고 가는 그들을 보면 사람이 짐을 옮기는 건지 짐이 사람을 움직이는 건지 구분이 가지 않는다.

그 옆을 알록달록한 등산복 차림의 젊은이들이 화산 특유의 짜릿한 스릴에 도취되어 트래킹을 즐기고 있다. 연인들은 붉은 천으로 자물쇠를 묶어 난간에 매달고는 열쇠를 천 길 낭떠러지로 던져 버리는 치기를 보이기도 한다. 사랑의 맹세이다. 짐꾼에게는 생존인 무심한 산이 등산객에게는 낭만이 되고 있는 현장이다.

짐꾼도 젊은이도 아닌 나는 잠시 숨을 돌려 커피를 한 잔 마시기로 한다. 까마득히 내려다보이는 계곡을 보니 사는 동안 막막했던 순간들이 떠오른다. 삶은 곧 밀어도 밀어도 굴러 떨어지기만 하는 바위덩어리를 또 다시 밀어 올려야 하는 시시포스의 형벌이 아니던가. 저 산은 대체 그 무슨 운

126

명으로 저리도 단단한 돌이 되고 말았을까. 제 아무리 버티어봐야 수억 년 후에는 흙으로 풍화되고 말 것을.

　바람결에 피리 소리가 들려온다. 휴식 동안 짐꾼이 부는 구슬픈 가락이다. 피리 소리는 산골짜기를 어루만지다가 계곡을 돌아 등산객들의 마음 언저리를 헤매다 그친다. 누군가가 스마트폰을 들이댔기 때문이다. 그가 사진기 앞에서 찡그렸다 웃었다 하는 모습을 저무는 해가 물끄러미 내려다보고 있다.

눈[眼]과 기도

아부다비 공항에서 있었던 일이다. 입국장에서 눈 인식 검사를 하는데 기계에서 에러 신호가 났다. 아랍인 공항 직원은 나에게 자꾸 눈을 크게 뜨라고만 했다. 난감했다. 나는 동양인의 눈으로는 작은 편이 아니다. 기계를 향해 눈을 똑바로 떠 보였는데도 인식을 못 하는 것이었다. 무슨 일인지 이해할 수 없었다. 먼저 들어간 일행들이 걱정스러운 얼굴로 기다리고 있는데, 나는 상관으로 보이는 다른 아랍인에게 인계되었다.

상관은 50대의, 호리호리한 몸매에 이슬람 특유의 하얀 옷을 길게 늘어뜨리고 있었다. 나를 향해 손짓으로 따라오라고 했다. 여권이 그의 손 안에 있으니 내가 할 수 있는 일은 아무것도 없었다. 따라갔다. 'Emergency Office' 앞에 서더니 문 앞에서 기다리라고 했다. 기다렸다.

잠시 후 그가 나왔다. 이번에는 바로 옆 기도실 앞으로 데리고 가더니 의자에 앉아 기다리라고 했다. 내가 엉거주춤 앉지 않고 서 있으니까 '플리즈'를 쓰면서 잠시만 의자에 앉아 기다려 달라고 했다. 기도 시간이라는 것이었다. 세상에나! 그는 정말 나를 앉혀놓고 기도를 시작했다. 무용수처럼 몸을 날렵하게 엎드렸다 폈다 하면서 그는 기도에 몰입했다. 나의 마음은 이루 말할 수 없이 불안하고 착잡했다.

기계가 사람과 다른 점은 머리를 쓰지 않는 데 있다. 정직하다는 뜻이다. 눈 인식 테스트는 지문 테스트와 다름없을 터인데 나한테 무슨 문제가 있단 말인가. 요즘 들어 시력이 부쩍 나빠진 것도 마음에 걸렸다. 안과에 몇 번 다녀 온 것도 께름칙했다. 아부다비는 아랍에미리트의 수도라 특별히 새로 개발된 최신식 기계를 들여놓은 건가도 싶은 생각이 들었다.

기도가 끝났다. 그가 팔랑팔랑 내 여권을 들어 보이며 "폴리스!" 하고 경찰을 불렀다. 어디선가 경찰이 나타났다. 여권을 넘기더니 나보고 따라가라고 했다. 나는 놀라 숨이 멎는 것 같았다. 마약 소지자도 아닌데 웬 경찰을? 무섭고 불안하여 걸음조차 제대로 떼어지지 않았다. 경찰은 나를 처음의 눈 인식 기계 앞으로 데리고 갔다. 즈네들끼리 아랍 말로 왈라쏼라 하더니 다시 기계 앞에 나를 세웠다. 패스였다.

여권을 받자 내가 공항 직원에게 물었다. 무엇이 잘못되었느냐고. 직원이 대답했다. 기계 애러라고. 다시 물었다. 기계를 고쳤다는 말이냐고. 직원이 대답했다. 고친 게 아니라 저절로 고쳐졌다고.

분통이 터졌지만 영어가 짧아서 입을 닫았다. 내가 정작 묻고 싶었던 사람은 기도하던 상관이었다. 추측건대 그는 필시 'Emergency Office'에서 나의 여권을 조회했을 것이었다. 문제가 없었으면 바로 직원에게 인계해야 할 것 아닌가. 기도실 앞에 앉혀놓고 온갖 걱정으로 불안에 떨게 할 이유가 무엇이던가. 그의 신은 그토록 이기적인 자신의 신도에게 아무런 언질도 주지 않았단 말인가.

행인지 불행인지 그는 그 자리에 없었다. 있었다 해도 나의 영어 수준으로는 그와 논쟁할 수도 없을뿐더러 그럴 만한 용기도 내게는 없었다. 대신 공항 직원이 나의 표정을 읽은 것 같았다. 그는 양어깨를 한껏 치켜 올리며 복잡해진 나의 얼굴에 대고 사과를 했다.

"위, 쏘리! 유, 노 프롸블럼!"

금金

페르시아만 남동쪽 해안에 위치한 두바이는 아랍에미리트 최대 도시이다. 2,000년 이후 최고층 건물과 인공섬을 개발하여 세계의 주목을 받고 있지만 정작 이 도시를 방문하는 관광객이 놀라는 것은 금金 때문이다. 그들은 도처에 금을 녹여 발라 놓았다. 왕궁을 본 뜬 호텔에 들어가면 천장뿐 아니라 초상화, 심지어는 화장실까지도 금박을 입혀 놓았다. 금가루를 뿌린 카푸치노 커피도 있다. 하다 하다 이제는 음식에까지 금가루가 침범하고 있는 것이다.

내가 금金을 처음 접한 것은 중학생 때 읽은 그리스 신화를 통해서이다. 신화에 나오는 미다스 왕은 금을 너무 좋아한 나머지 손에 닿는 것은 무엇이든 금으로 변하게 해달라고 신께 빌었다. 굴러다니던 돌, 발에 깔린 잔디, 사과나무에서 딴 사과가 모두 금으로 변하자 미다스는 기쁨에 들뜬다. 하지만 그를 반기는 왕비와 공주마저도 금으로 변하는 것을 보고는 다시 신을 찾아가 이 재난으로부터 구해달라고 애원했다는 이야기다. 이 이야기는 내가 중학생이었을 때의 영어암송대회용 원고이기도 했는데 지금은 미다스가 신을 향해 '골드, 골드, 아이 러브 골드!' 하고 외치던 장면만 기억에 남아있다.

어른이 되어 구체적으로 내가 금과 인연이 닿은 것은 첫아이를 낳았을 때다. 시어머니께서 고생했다고 하시면서 거금을 들여 한 냥짜리 금 노리개를 만들어 주셨다. 한복 입을 때 저고리 앞섶에 사용하는 장식품이었다. 귀한 물건이라 나는 그것을 소중히 간직했는데, 어느 날 집안에 도둑이 들어 폐물 일체를 잃고 말았다. 경제적 손실도 적지 않았지만 제대로 사용해 보지도 못한 채 도둑을 맞아 그때 그 사건은 충격이었다. 어쩌면 나라는 인간은 평생토록 금하고는 인연이 먼 사람이 아닌가 싶기도 했다.

생각해 보면 금으로 상처를 받은 사람이 어찌 미다스 왕이나 나뿐일까. 금은 연성이 뛰어나 세공하기 쉽고, 광택이 변하지 않으며, 희소성이 높기 때문에 오래전부터 소중한

재물로 여겨져 왔다. 마르코 폴로나 콜럼버스의 신대륙 발견에 대한 원동력도 바로 황금을 향한 욕망이 아니겠는가. 황금의 가치가 재물이든 허영이든 심지어 사랑이든 그것은 인간의 원초적 욕망에 기초한다고 봐야 할 것이다. 그 욕망이 4000년이 지난 지금까지도 이어져 화장실과 초상화에까지 적용되고 있는 것이 아닐까.

금가락지도 하나 없는 여자가 금가루 커피를 마주하고 앉아 있다. 두바이의 팰리스 호텔에서다. 팰리스palace라는 이름에 걸맞게 축구장 1,400개를 펼쳐놓은 방대한 면적에는 주민은 보이지 않고 관광객들만 북적거린다. 금박을 입힌 천장을 보고 입을 딱 벌리다가 왕의 금초상화 앞에서는 앞다투어 단체사진을 찍는다. 커피값은 모른다. 여행사 쪽에서 교묘하게 옵션으로 묶어 놓았기 때문이다. 이래저래 거품 같은 호사를 누린 일행은 나가기 전 한 번 더 금빛이 번쩍거리는 화장실을 다녀오기 위해 마지막 한 방울까지 금가루 커피를 비우고 일어난다.

알함브라 궁전에서

　종교는 인류의 구원인가, 재앙인가. 예술의 한계는 어디까지인가. 나는 지금 스페인 그라나다의 알함브라 궁전에 와 있다. 날씨가 좋다.

　이슬람 최대의 문화재로 손꼽히는 알함브라 궁전은 천연의 요새 그라나다의 깎아지른 벼랑 위에 세워져 있다. 알함브라는 '붉은 성'이란 뜻이다. 성벽을 지을 때 붉은 점토를 사용했기 때문이라고 한다. 1년 내내 흰 눈이 쌓여있는 3,470미터의 네바다 산맥이 보이는 곳으로 영화 〈닥터 지바고〉를 촬영했던 곳이기도 하다.

　알함브라를 보면 종교의 양면성이 부각되는 건 어쩔 수 없다. 스페인이 위치한 이베리아 반도에 첫 왕국을 세운 건

가톨릭교도인 서고트족이다. 그러나 왕위 계승 문제로 내분이 이는 틈을 타 이슬람교도인 무어인들이 지브롤터 해협을 건너와 서고트 왕국을 격파해 버렸다. 이후 800년 동안 이베리아 반도는 무어인들이 지배했다. 알함브라는 그들이 세운 궁전이다.

나스르 왕조를 세운 무하마드 1세는 요새가 서 있던 언덕 위에 궁전을 짓고 코란에서 묘사한 지상천국을 인용하며 '사랑하는 백성들이여! 너희가 살아서 지상의 천국을 보게 될 것이다' 라고 선언했다. 그는 토목 전문가로 하여금 네바다 산맥에서부터 흘러내려 오는 개울의 물줄기를 바꾸어 운하를 만들고 궁전의 정원에 물을 대도록 했다. 아랍식 궁전에 유난히 분수와 오렌지 나무가 많은 것은 이슬람 믿음에 '천국에는 샘과 미녀와 과실이 열리는 나무들이 있다' 라는 말 때문이라고 한다.

알함브라는 크게 세 개 구역으로 나뉜다. 군인들의 집터와 성벽으로 이루어진 알카사바, 두 개의 왕궁, 그리고 여름 별장인 헤네랄리페이다.

알카사바는 궁을 지키고 방어하는 요새이고, 왕궁은 왕의 실제 생활공간으로 대신들과 함께 코란을 읽고 정사를 논하던 곳이다. 아라베스크 문양으로 장식된 벽면과 천장이 눈길을 끈다.

모든 벽면에는 인간의 힘으로는 도저히 만들었을 것 같지 않은 정교하고 유려한 석회 세공이 빈틈없이 입혀져 있다. 이곳의 천장에는 무려 5,000개에 달하는 다양한 무카르나 무늬가 사용되었다고 한다. 무카르나 기법은 나무나 석회로 잘디잔 조각을 만들어 일일이 벽에 붙여 장식하는 것을 뜻한다. 천장의 장식은 코란에 나오는 이슬람 천국을 표현한 것이다. 해가 뜰 무렵 여덟 개의 창을 통해 들어오는 빛과 어우러지는 천장의 변화는 말로 표현할 수 없는 신비감을 자아낸다. 이슬람 장식의 극치를 보여주는 현장이다.

왕들의 별장이었던 헤네랄리페는 이슬람식 정원의 전형적 특징을 간직한 것으로 유명하다. 시골 별장을 닮은 이 궁전은 장미는 물론 은은한 향기를 뿜어내는 관목식물들을 심어 이국적인 운치가 느껴진다. 분위기에 취해 한참을 걷다 보면 하얗게 고사된 큰 나무 한 그루가 눈에 들어온다. 근위병과 후궁이 밀회를 했다고 해서 왕이 노하여 36여 명에 이르는 신하의 일가를 모두 죽였는데, 그래도 분이 풀리지 않은 왕은 그들의 밀회를 목격한 나무마저도 물길을 끊어 고사시켰다고 한다.

불륜의 죄를 물어 한 가문의 남자들을 몰살한 잔인한 왕

은 정작 가톨릭 연합 군대가 쳐들어오자 '무혈인계'로 손을
들었다. 마지막 지도자였던 아브 압달라Abu Abdallah 왕이다.
그는 그라나다왕국의 종교와 재산권을 보장해 주는 조건으
로 적에게 항복했다. 이로써 가톨릭 세력은 800여 년 이베리
아 반도를 점령하고 있던 이슬람 왕국을 가뿐하게 몰아냈
다. 알람브라에서 가장 높은 벨라의 탑을 오르다 보면 저 멀
리 그라나다를 빼앗긴 압달라 왕이 쫓겨 넘어갔다는 네바다
산맥이 보인다.

종교로 인한 전쟁은 지구가 멸망할 때까지 끝나지 않는다
는 말이 있다. 점령자는 약속을 지키지 않았다. 한 종교의 분
노는 또 다른 종교의 피를 부를 뿐이어서 많은 무슬림들은
북아프리카로 대량 이민을 하거나 강제로 개종해야만 했다.
나라는 풍비박산이 되고 궁전 앞마당은 노숙자들의 쉼터가
되었다.

19세기 초 이곳을 침략했던 프랑스의 나폴레옹은 '피레네
산맥을 넘으면 아프리카'라고 말한 적이 있다. 중세 때 이슬
람교를 믿던 북아프리카인 무어인들의 지배를 수백 년간 받
았고 아랍인의 피까지 섞인 스페인을 그는 끝내 유럽국가로
인정하지 않은 것이다. 집시의 피를 이어받은 땅 그라나다.
유럽에 있으되 유럽이 아니고, 동양을 바라보되 동양이 아
닌 나라, 스페인.

밤에는 알바이신 지구에서 알함브라의 야경을 감상했다.
스페인 시인 프란시스코 데 이카자는 '그라나다에 살면서
장님으로 지내는 것보다 더 가혹한 일은 없다'고 알함브라
에 대한 헌시를 바친 바 있다.

아름다움은 슬픔의 다른 얼굴인가. 붉은색이 확연해진 아
름다운 궁전을 바라보면서 전쟁 당시 민초의 삶을 가늠해
보았다. 나스르 왕가를 압박해 온 가톨릭 세력은 성을 쳐들

어가는 대신 알람브라로 통하는 물길을 막고 그들이 지쳐 스스로 항복해 나올 때까지 진을 치고 기다렸다고 한다. 요새에 갇혀 알라신만 찾고 있었을 이슬람인들의 심정은 어땠을까. 얼마나 무섭고 끔찍했을까. 그들에게 종교는 어떤 의미였을까.

광장 한쪽에서 거리의 악사가 연주하는 〈알함브라의 추억〉이 들려온다. 트레몰로tremolo 주법의 극치를 보여주는 애잔한 음률의 〈알함브라의 추억〉은 스페인 출신 기타리스트 타레가의 작품이다. 꿈결처럼 펼쳐진 알함브라의 야경을 보면서 음악을 들으니 사라져간 나스르 왕조의 서글픈 역사를 표현한 것 같기도 하고, 이루지 못한 사랑에 빠진 타레가가 여행길에 궁전을 본 애절한 느낌을 반영한 것 같기도 하다.

해어화解語花

당나라의 양귀비는 미모와 가무歌舞만 뛰어난 게 아니라 군주君主의 마음을 끌어당기는 총명까지 겸비했던 모양이다. 현종은 양귀비에게 해어화解語花라는 애칭을 붙여주었다. '말을 알아듣는 꽃' 이란 뜻이다. 중국 최고의 시인이라는 이백李白도 그녀를 활짝 핀 모란에 비유했고, 정사正史도 '그녀를 보면 꽃도 부끄러워한다' 고 했으니 그녀는 과연 절세가인이었음에 틀림없다.

연출의 귀재 장예모 감독은 두 사람의 사랑을 발 빠르게 상품화했다. 〈장한가 쇼〉이다. 장한가 쇼는 시인 백거이白居易의 장시 「장한가」를 장예모가 현대판 쇼로 연출한 것으로 현종과 양귀비의 사랑가이다. 마침 가을비가 추적추적 내려

예약을 취소하려 했으나 불가능했다. 회당 공연비가 어마어마한지라 환불이 안 된다는 것이었다. 하기야 학창 시절에는 소풍도 우중을 무릅쓰고 간 일이 있고 보면 주최 측 입장이 이해가 가지 않는 것도 아니었다. 지급되는 비옷을 입고 자리를 찾아 앉았다.

쇼는 현종과 양귀비가 놀던 화청지華淸池에서 열렸다. 화청지는 현종이 양귀비를 위해 지은 화청궁과 온천이 있는 곳이다. 야간에 펼쳐진 화려한 수상 무대는 우선 그 웅장한 규모부터가 관중을 제압했다. 물 위에서도 더블 스테이지를 운영할 뿐 아니라 달도 별도 만들어내는 재주가 놀라웠다. 중간 중간 남자 성우의 음성으로 들려오는 백거이의 시어詩語는 중국어를 모르는 나에게도 힘 있고 운치 있게 들렸다. '하늘을 나는 새가 되면 비익조가 되고, 땅에 나무로 자라면 연리지가 되자고 맹세했었지' 하는 장면은 우중에도 압권이었다.

물론 두 사람은 애초에 시아버지와 며느리의 관계였다는 사실은 언급되지 않았다. 현종이 양귀비에게 과거의 인연을 지울 수 있도록 도가의 원리를 악용했다는 사실도 밝혀지지 않았다. 안록산과 양귀비의 특별한 관계도 공개되지 않았다. 쇼는 일관되게 두 사람의 비극적 사랑에 초점을 맞추어

양귀비에 대한 현종의 절절한 그리움으로 막을 내렸다. 관객들은 감동했고 기립 박수가 이어졌다.

화청지를 나오자 나는 문득 궁금해졌다. 양귀비에게는 공개된 세 명의 남자가 있었다. 현종과 현종의 아들, 그리고 안록산이다. 그녀는 누구를 진정으로 사랑했을까? 저세상 가서 혹시라도 양귀비를 만나게 되면 한국말로 살짝 물어봐야겠다. 꽃은 꽃이되 말을 알아듣는 해어화解語花라 했으니.

3부
1890년

늪

다시 우포늪에 왔다. 벼 향기 드높은 계절이다. 늪 주변에
피어난 갈대와 억새들이 안개처럼 꽃술을 날리며 몸을 흔들
어대고 있다.

70여만 평의 광활한 늪에는 수많은 물풀들이 머리를 내밀
고 있다. 개구리밥, 생이가래, 통발 등 부유식물들이다.

수면은 푸른 융단을 깔아놓은 것 같은데, 늪 특유의 물풀
냄새가 바람에 섞여 풍겨온다. 자세히 보면 잎 끝에서부터
물기가 마르기 시작한 것도 있다. 가을이 깊어지면 이들 또
한 누렇게 변하리라.

선인장같이 생긴 가시연은 어느새 시들어 연밥이 보인다.
늪의 반 이상을 차지하고 있는 가시연은 맷방석 같은 넓은

잎을 물 위에 띄우고 그 밑에 매달려 산다. 연잎 속에는 무수한 자연의 나이테가 숨어있는 것처럼 보인다. 주름진 잎에는 호랑이 발톱처럼 수많은 가시가 돋아 있다.

가시연이 얼마나 매운 마음을 가졌는지는 꽃을 피울 때 보면 안다고 했던가. 자신의 육신인 두터운 잎을 스스로 찢고 침으로 뚫는다. 보라색 꽃은 가시투성이의 꽃대에 수줍게 매달려 있다.

올여름에는 장마가 없어 유난히 꽃이 고왔다고 한다. 스스로 희귀하여 멸종 위기 식물로 보호받고 있음을 눈치 챈 것은 아닐까. 꽃은 져도 향기는 남아서 잎의 상처를 어루만져 주고 있다.

키 큰 왕버들은 곳곳에 군락을 이루고 있다. 늪 속에 반쯤 밑둥을 담그고 있어 원시의 분위기를 자아낸다. 무슨 일인지 뿌리째 뽑혀 쓰러진 나무도 있다. 물을 잊지 못하고 물을 향해 쓰러져 비명 소리가 들리는 듯하다. 마름, 창포, 부들 등 습지식물들이 끌어안듯 떠받치고 있다.

새들이 햇볕을 쪼이기 위해 머리를 날갯죽지에 파묻고 있다. 긴긴 겨울을 늪에서 보내기 위해 부지런히 오고 있는 친구들의 날갯짓 소리에 귀 기울이고 있는 중인지도 모른다.

백로 몇 마리가 정물처럼 떠 있다. 깊은 사색에 잠긴 것처럼 보인다. 줄 군락을 따라 오리들이 떠다니고 있다. 즐거운 담소를 나누고 있는 것일까, 여유롭고 느긋하다. 문득 내가 한 폭의 수채화 속에 서 있는 것 같은 착각이 인다.

아이들이 재잘거리는 소리가 들린다. 선생을 따라 견학 온 초등학교 조무래기들이다. 한 달 후에 있을 람사르 총회를 앞두고 생태계 체험학습을 하는 모양이다.

머리에 풀꽃 핀을 꽂은 젊은 여선생은 목청을 높여 설명을 한다.

"늪은 더러운 물질을 깨끗하게 걸러주는 역할을 해요. 그래서 우리들에게 좋은 환경을 만들어 주죠. 이 늪 속에 얼마나 많은 생물이 사는지 아는 사람 있어요?"

아이스크림을 입에 문 아이들은 선생의 설명에는 관심이 없다. 저희들끼리 끝없이 재잘대고 장난치기에 여념이 없다. 그러나 선생의 인내심 또한 만만치 않다.

"이곳에는 1,000여 종의 생물이 살고 있어요. 지금은 사라지고 없는 생물도 이 늪 속에 살고 있답니다. 원시생물의 박물관이라고 할 수 있어요. 신기하죠?"

조무래기들이 돌아간 늪가에 앉아 물속을 들여다보기 시작한다. 1,000여 종의 생물이라, 1억 4천만 년 전부터 있어왔다는 바로 이 늪 속에!

나는 순간 타임머신을 타고 시공의 역주행 속에 몸을 맡긴다. 태곳적 자연으로 돌아가 유인원의 세계에서 서성대기 시작한다.

소곤거림도 아닌, 소리조차도 아닌 작은 소리가 나의 청각을 두드린다. 이끼 속에 숨어 사는 작은 벌레들이다. 그들은 이끼 속에서 물과 아우르며 그 어떤 움직임을 진행하는 중이다. 미미한, 그러나 건강한 생물체의 확실한 존재감이다.

불현듯 머릿속이 환히 밝아져 온다.

비록 미물일지라도 생명이 시작될 때부터 이들에게도 인간과 똑같이 자연을 향유할 몫이 있지 않았을까. 인간들의 욕망에 밀려 멸종위기에 몰린 이들을 나름의 생존방식대로 살아가게 둘 수는 없는 것일까.

늪이 지금 그 일을 해내고 있다고 하는 것이다.

나로서는 새로운 눈뜸이다.

나의 눈길이 늪 위에 뜬 부유식물들에 머문다. 식물들은 늪 위에 한가롭게 떠 있다. 저들은 또 어찌 저리도 평화롭게 보일까. 쓸데없이 몸무게를 불리지도 않을뿐더러 뿌리 또한 물 깊이 이상으로 뻗어 내리지 않기 때문이 아닐까. 세월과 벗하며 물과의 절묘한 조화를 이루는 슬기가 가슴에 와 닿는다.

젊은 날 나도 저렇게 가벼워지고 싶었다. 무리하지 않고, 거스르지 않으며, 세상과 조화롭게 살아가고 싶었다. 그러나 그 또한 생각뿐이었음을 어찌하리.

누구던가 이 세상에서 가장 먼 거리는 머리와 가슴에 이르는 길이라 했다. 생각은 언제나 마음을 배반하고, 마음은 항상 생각을 따르지 못했다. 어리석고 미련하여 늪의 깊이를 부정하고 물의 힘을 거부하지 않았던가.

이제 나는 감성의 영토 속에 늪 하나를 가지고 싶다. 젊은 날의 온갖 욕망과 집념, 절망과 고통에서 비켜나 내 마음의 흐름과 온도를 조절하는 나의 늪을 가지고 싶다. 나를 붙잡고 놓아주지 않는 또 다른 많은 나를 달래고 정화하는 건강한 늪 하나를 가지고 싶다.

강은 기다림이다

무엇이 그리 바빴을까.

섬진강은 오며 가며 스쳐가기만 했다. 대구에서 가까운 길도 아니고, 하동 쪽에 연고가 없기 때문이기도 했을 것이다. 지리산 가는 길에 혹은 집으로 돌아가는 길에 어김없이 강이 거기 있었다. 물과 모래톱이 손잡은 듯한 그 강이.

나는 강이거나 호수거나 바다이거나 스스로의 얼굴이 있다고 믿는다. 섬진강은 댕기 늘인 열여덟 살 큰애기의 얼굴이다. 강폭도 넉넉하지만 모래밭 또한 적당하여 조신한 처녀를 연상케 한다.

물은 늘 유유하고 세모래 또한 정갈하다. 차창 밖으로 보이는 강은 때로 나를 오라 하기도 하고 잘 가라고도 하며 저 혼자 흐른다. 강은 흐름으로 강인 것이다.

오늘은 굳이 섬진강에서 차를 내렸다. 지리산에서 집으로 돌아가는 길이다.

강변에 놓인 벤치에 앉으니 그림 같은 풍경이 한눈에 들어온다. 강과 산이 두런두런 정담을 나누고 있는 모습을 지는 해가 그림자를 거두며 내려다보고 있다.

강변 숲의 어린 갈대들이 바람을 안고 한들거린다. 새순에서 나오는 풀 향기가 코끝을 간질인다.

어디선가 날아온 한 무리의 물새 떼가 강을 질러 쏜살같이 물을 튕기며 지나간다. 고요하던 물 표면에서 하얀 비늘이 일어난다. 흐뭇한 반응이다. 짜릿한 광경이다.

물이 나를 손짓했을까. 몸을 일으켜 강으로 내려선다. 강물에 손을 넣어 본다. 물속에 있던 모래가 부스스 일어난다. 강물이 일제히 나의 손을 반긴다. 차가운 물이 손등을 간질인다.

물새 발자국이 눈에 띈다. 나 먼저 물에 와 놀다 간 모양이다. 일정 간격으로 자국을 남겨 놓았다. 손으로 후루루 지워 본다. 거짓말처럼 모래가 제 모양대로 돌아간다.

강물과 인접한 곳에 모래성이 쌓여있다. 모양새가 수려한 것으로 보아 개구쟁이들의 솜씨가 아니다. 바로 옆의 낙서

가 설명을 보탠다.

'동욱이 바보!'

어느 처녀의 가슴 시린 기다림이 낙서 속에 배어있다. 모래성을 쌓으면서 얼마를 기다렸을까. 기다림의 끝은 어디에 닿아 있을까.

반대쪽에서 석양을 등지고 머리 긴 처녀 하나가 걸어온다. 몇 걸음 떨어져 멈추어 서더니 돌을 집어 강물 속으로 툭 던진다. 또 한 번. 다시 또 한 번.

몇 걸음 더 다가와 이번에는 낙서 앞에 선다. 잠시 무언가를 생각하는 듯하더니 이내 발길을 돌려버린다. 대답 없는 낙서에 실망한 것일까. 메아리 없는 사랑에 대한 허망함일까.

기다림은 축복일 수도, 천형일 수도 있을 것이다. 연인을 기다리는 처녀는 아마도 사무치는 감정의 굴곡을 건디며 강을 찾았으리라. 돌아서는 뒷모습에 또 하나의 실루엣이 서서히 겹쳐진다. 시어머님의 모습이다.

6.25 때 아버님과 헤어진 어머님은 그 절절한 사연들을 글로 남기셨다. 물자가 귀하던 때라 달력 뒷면, 광고지 빈자리에 깨알같이 기록하셨던 메모가 팔순을 기념하여 책으로 만들어졌다.

'쿵-, 하는 대포소리를 들으면서'로 시작되는 어머님의 일기는 전쟁을 배경으로 아버님과 헤어진 이야기, 혼자된 몸으로 젊음을 이기며 자식들 키운 내용으로 가득 차 있다. 그 어떤 드라마나 영화가 이보다 더 절절할까. '생은 드라마보다 훨씬 드라마틱하다'는 것은 이를 두고 한 말이리라.

강물 쪽으로 이름 모를 나무줄기 하나가 길게 뻗어있다. 남들 다 강변 쪽에 무리지어 서 있는데 저 혼자 여기까지 밀려와 누워 있는 품이 안쓰럽다. 바로잡으려 손을 뻗어 보니 나무 여기저기에 이미 잔뿌리가 나와 모래 속에 묻혀 있다. 무엇을 못 잊어 걸음을 못 떼는가. 어머님의 심정도 이와 같으리라.

노년에 어머님은 중국 땅을 통해 압록강을 여행한 적이 있었다. 강 하나를 사이에 두고 바라만 보고 올 수밖에 없는 북녘 땅을 향해 목청껏 울었노라고 했다. 또한 낙조를 밟으며 강변으로 나가 돌아올 길이 없는 아버님을 하염없이 기다렸다고도 했다. 그 기다림, 그 절절함을 어디다 비할 수 있으랴.

해가 넘실넘실 산 너머를 기웃거린다. 지기 전 한순간 더욱 밝아짐 또한 우리네 인생이리라. 한바탕 몸을 뒤채는 강물 옆에서 울컥 목이 멘다.

어머님은 그 긴 기다림을 어떻게 견뎠을까. 가슴 깊이 흐르는 그리움의 강을 어찌 다 보듬고 이겨냈을까.

강물을 다시 한참 바라보다가 발길을 돌려 차에 오른다.

강은 역시 기다림이다.

남이섬에서

여행이란 것이 꼭 좋은 날씨에만 떠나고 싶은 것은 아니다. 초가을, 비 내리고 바람도 불고 날씨마저도 음산한데 청평 남이섬을 찾았다. 남이섬은 일차적으로 지역이 주는 새로운 경관이나 풍물에 취하다가도 결국은 '사람'으로 눈을 돌리게 되는 대표적인 섬이다. 옛사람과 지금의 사람이 시공을 뛰어넘어 손을 잡고 등이라도 두드리고 있는 듯한 곳이 바로 남이섬이다.

우선 남이섬에는 남이南怡 장군이 살고 있다. 남이는 태종 이방원의 넷째 딸의 손자이니 이방원의 외증손이 되는 사람이다. 왕손으로는 드물게 그것도 17세의 나이에 무과에 급제해 '이시애의 반란'을 진압했다. 여진족을 몰아내는 데 큰 공을 세워 외삼촌 되는 세조의 총애를 한 몸에 받았던 인물이기도 하다. 26세에 병조판서가 되었으니 세조의 신임과 총애가 어느 정도였는지 알 만하지 않은가?

인물이 출중하면 주변에서 시기하는 사람이 들끓게 마련이다. 당시 세자였던 예종이 바로 그런 사람이다. 예종은 세자 시절부터 아버지의 총애를 받는 남이 장군을 좋아하지 않았다. 남이 장군 또한 어릴 때부터 기가 센 편이라 궁중에 드나들며 사촌 간이었던 세자와 자주 싸웠다고 한다.

남이가 병조판서가 되던 그 이듬해 그를 총애하던 세조가 죽고 예종이 즉위하는 데서 비극은 시작된다. 두 사람 사이가 좋지 않다는 것을 잘 알고 있었던 천하의 간신 유자광이 새 임금의 신임을 받고자 남이 장군을 헐뜯기 시작한 것이다. 남이 장군이 이시애의 난을 평정하고 회군할 때 지은 시詩가 발단이 되었다.

白頭山石 摩刀盡 - 백두산 돌은 칼 갈아 다하고,
頭滿江水 飮馬無 - 두만강 물은 말 먹여 없애리.
男兒二十 未平國 - 남아 스물에 나라를 평정치 못하면,
後世誰稱 大丈夫 - 후세에 그 누가 대장부라 하리오.

희대의 간신 유자광은 남이가 지은 시구 중 '나라를 평정하지 못하면'이라는 '未平國'을 '나라를 얻지 못하면'이라는 '未得國'으로 고쳐 예종의 마음을 흔들었다. 남이는 곧

역적으로 몰려 참혹한 죽음을 당했다.

예종은 세조가 죽자 19세의 나이로 즉위하여 20세에 죽었는데 1년도 채 안 되는 치세기간 동안 제일 먼저 처리한 일이 유자광의 계략에 빠져 남이 장군을 역모로 다스린 일이었다. 그러나 그 자신 또한 남이가 죽은 이듬해에 급사하니 어릴 때부터 반목하던 사촌이 저승까지 따라가 싸울 운명이었던 모양이다.

그로부터 600여 년이 지난 2006년 3월 1일. 50대 초반의 산업디자이너 강우현은 남이섬을 '나미나라공화국'으로 선포했다. '나미나라공화국'은 꿈과 동화가 있는 이 세상 유일무이한 상상공화국이다. 그는 말한다.

나는 하찮은 것이 좋다.

시시한 것은 더욱 좋다.

아무도 관심을 두지 않는 것들.

흘러가는 바람에 뒹구는 낙엽 조각 같은 것.

빈 소주병 속에 몰래 숨어있는 부러진 이쑤시개 같은 것.

누군가를 이유 없이 골려주고 싶은 어린애 같은

장난기 같은 것.

그 '시시함과 하찮음'이 나미나라공화국의 입장권이라고 그는 말한다.

강우현의 반란은 21세기 문화 코드가 되었다. 13만 평 부지를 일구어 '세계 책나라 축제'를 개최하는가 하면 남이장군을 기려 100인의 장군상을 세웠다. 전시관, 공연장, 문화체험관뿐 아니라 공예원, 환경학교, 허브나라까지 상상 가능한 모든 문화시설이 예쁘고 세련되게 디자인되어 있다. 북한강에 떠 있는 반달 같은 남이섬이 과거와 현재를 잇는 다리가 된 것이다.

"싫어! 남들이 보면 어떡해."

2020년의 남이섬에는 연인들이 있다. 영화 〈겨울 나그네〉이후 드라마, CF 촬영지로도 인기가 높아서 가는 곳마다 추억과 스토리가 숨 쉰다. 백자작나무가 늘어선 길은 드라마 주인공이 첫 키스를 나누었던 곳이다. 남자 친구에게 어깨를 잡힌 아가씨가 주위를 돌아보며 얼굴을 붉히고 있다.

"자전거다! 우리 자전거 타자."

도깨비 성 옆에서 10대의 연인들은 2인용 자전거에 올라타고 있다. 4인용 자전거를 탄 젊은 가족이 손을 흔들며 지나간다.

신혼으로 보이는 젊은 부부 몇 명은 메타세쿼이아로 조성

된 숲길을 거닐고 있다. 중년 부부 두어 쌍이 잣나무가 빼곡히 늘어선 흙길을 걸으며 자연을 만끽하는 중이다.

"스미마생가(죄송합니다만) ~"

카메라를 내밀며 사진을 부탁하는 팀은 일본에서 온 젊은 이들이다. 바람도 불고 가랑비까지 내리는데 손에는 아이스크림을 하나씩 들고 있다. 욘사마 조각품을 둘러싸고 서로 예쁘게 찍히려고 요란을 떤다. 소녀들은 연신 머리 모양에 손이 가고 소년들은 입이 함지박처럼 벌어져 있다.

"아리가또 고자이마스(고맙습니다)."

카메라를 넘겨주다가 문득 짓궂은 생각이 스쳐간다. 남이 장군을 아느냐고 더듬더듬 물어본다. 아는 사람이 아무도 없다. 고개를 연신 갸웃거리며 서로의 얼굴을 바라볼 뿐이다. 소년 하나가 영화배우냐고 묻는다. 나는 웃고 순순히 카메라를 돌려준다.

나미나라공화국에도 황혼이 깃들기 시작한다. 비는 그쳤지만 바람은 여전하다. 선착장으로 발을 옮기는 사람들의 걸음이 빨라진다. 자전거팀과 산책팀들이 손을 들어 아는 체를 한다. 일본팀들은 아이스크림을 다 먹은 모양이다. 젊은이들의 입가에 묻은 아이스크림 자국이 미소를 짓게 한다. 키스팀은 성공했을까. 재킷을 벗어 바람을 막으며 급하게 뛰어오고 있다.

배가 도착한 모양이다. 줄을 서다 눈을 들어 장군 묘를 바라본다. '未平國, 未得國'이 목숨을 걸 일이었을까. 피를 나눈 사촌지간이 남보다 못했던가.

관리사무소 쪽에서 강우현이 손을 흔들고 있다. 이쪽에서도 손을 힘껏 흔들어 보인다. 남이섬에서 하루를 마무리한 사람들이 배에 오르기 시작한다.

뻘

　며칠 전부터 입 안이 헐고 입술이 부르트기 시작했다. 약
국에 가니 연고를 주면서 푹 좀 쉬라고 말한다. 그러마고 답
하지만 나는 안다. 삶이 쓸쓸하고 재미없어진 것이다. 계절
병이다. 몸이 반란을 일으키고 있음이다. 운동화를 신고 길
을 나선다.
　무리지어 아름답기로 갈대만 한 것이 있을까. 나는 지금
순천만에 와 있다. 800여만 평의 광활한 개펄에 갈대가 군락
을 이루고 있다. 마치 목화솜을 풀어 놓은 듯하다. 가을볕에
은갈치처럼 비늘을 번뜩이다가도 산을 돌아 부는 갈바람에
는 후두둑 전신을 곧추세운다.
　갈대가 무리를 짓는 것은 속이 비어있기 때문이 아닐까.

속을 비운 갈대는 서로를 부축하며 온몸으로 바람을 맞는
다. 그들은 혼자서는 바람도, 비도, 햇볕까지도 버티어낼 수
가 없다. 각각이 독립되어 있는 것 같지만 뿌리는 땅속에서
무리지어 단단하게 엉켜있다. 무리들은 친숙하게 몸을 비벼
대다가 바람이 불면 부는 방향대로 부둥켜안고 몸을 눕힌
다. 아니다, 어쩌면 갈대는 스스로 바람을 품고 있는지도 모
른다. 서걱대는 소리마저도 바람 소리와 닮았다.

가을볕이 좋다. 쪼그리고 앉아 갈대가 뿌리내린 뻘 속을
들여다본다. 무리를 이루는 것이 어찌 갈대뿐이겠는가. 뻘
에서는 온갖 동식물과 자연의 내음이 물씬 풍긴다. 내음에
도 시간과 공간의 흐름이 있지 않을까. 내음에도 기쁨과 슬
픔의 질곡이 있으리라. 뜬금없이 아득한 옛날, 문명에 물들
기 전 원시의 뻘 내음이 궁금해진다.

농게 몇 마리가 한가롭게 갈대 사이를 돌아다니고 있다.
느린 속도로 어슬렁거리는 품이 인간의 삶에 비해 여유롭
다. 앞발을 들어 먹이를 잽싸게 가로채는 부지런한 놈도 끼
어 있다. 눈 깜짝할 사이에 무언가를 재빨리 입 안에 집어넣
는다.

한 해에 일곱 번이나 색이 바뀐다는 칠면초가 뻘 위에 끝
도 없이 펼쳐져 있다. 시베리아에서 날아온 오리 떼가 그 위

를 돌아다닌다. 사색에 잠긴 왜가리는 조형물같이 움직임이 없다. 큰 기러기, 쇠기러기, 청둥오리들이 그림처럼 뻘 주위를 날아다니고 있다.

뻘의 효자 짱뚱어는 부지런히 갯지렁이를 잡아먹고 있다. 바다 비린내가 나지 않는 것은 못생긴 짱뚱어 덕분이라고 하던가. 흑두루미 한 쌍이 도도하게 뻘 위를 날아오른다. 전 세계 통틀어 만 마리밖에 없다는 이 새는 보는 것만으로도 좋은 일이 생긴다고 알려져 있다.

부유식물이 밀집되어 있는 수로 끝에서 장화를 신은 한 남자가 무언가를 열심히 찍고 있다. 한눈에 영상물을 다루는 사람임을 알 수 있다. 무얼 찍느냐 물으니 이끼에 숨어 사는 작은 벌레들을 찍는 중이라 한다. 이끼에 숨어 사는 작은 벌레라고! 우리 눈에 보이기라도 하는 것일까.

멀찌감치 떨어져 앉아 그의 작업을 지켜보기로 한다. 물속을 들여다보는 남자의 등으로 늦가을의 햇살이 쏟아진다. 벌레들이 눈치챌까 염려하는 것일까, 더 할 수 없이 조심스럽게 물을 다루고 이끼를 들춘다. 그의 등은 이제 거의 정물에 가깝다.

어디선가 때 아닌 나비 한 마리가 날아와 남자의 어깨 위에 앉는다. 너무 가벼워 남자는 알아채지도 못한다. 빨려들

듯이 꼼짝 않고 뻘 속을 응시할 뿐이다. 남자 역시 이제는 뻘의 일부가 되어 있다.

인간이 자연을 '경치'로만 즐기는 것은 오만이거나 무지의 소치가 아닐까하는 생각이 들 때가 있다. 태초에 지구상에 한 생명이 생겨나 그것으로부터 다시 동물과 식물이 파생된 것이라면 세상의 모든 생명체는 하나의 뿌리로 닿아있을 것이다. 나는 지금 그것을 경험하는 중이다. 남자와 이끼와 그 속에 숨어사는 벌레가 무리가 되어 뻘 속으로 녹아드는 광경이다.

손을 뻗어 갈대 한 가지를 꺾어본다. 생각보다 잘 꺾어지지 않는다. 가벼운 물기만이 손끝에 만져질 뿐이다. 이 적은 물기만으로 갈대는 온몸을 지탱해 왔단 말인가. 이 하찮은 소유로 허허벌판에 서서 태풍을 맞고 세월을 견뎌온 것인가.

꽃술이 날아와 코끝을 간질인다. 갈대는 꽃조차도 예쁘지가 않다. 빗자루같이 생긴 그것은 꽃밭에도 끼지 못하고 쫓겨난 박색이다. 곱지도 않은 갈대꽃이 저도 꽃이라고 바람 따라 솜처럼 제멋대로 날아다닌다. 꽃을 보낸 갈대는 못내 아쉬운 듯 두어 번 몸을 흔들다 만다. 생물학자들은 '식물에도 마음이 있다' 고 주장한다. 그렇다면 지금 갈대는 어떤 마음일까.

바람이 분다. 산 밑에 서 있는 미루나무가 가을 햇살에 반짝인다. 산을 이웃하고 산과 함께 서 있는 것이 듬직하고 대견하다. 왜가리 한 마리가 뒤늦게 갈대숲을 뒤지고 있다. 이웃은 다 어디로 가고 홀로 먹이를 찾는 중이다. 푸르륵 푸르륵 어린 텃새가 눈치를 보며 달아난다. 고니들이 한바탕 게으르게 날갯짓을 해 보인다.

바람에 기대어 갈대가 다시 몸을 흔들기 시작한다. 갈매기가 훨훨 구름 따라 날아오른다. 세상 그 어떤 생명이 어딘가에 기대지 않고 살 수 있던가. 뻘에도 수많은 보이지 않는 것들이 서로 기대어 무리를 이루며 살아가고 있다. 나무는 공기에, 갈대는 바람에, 미물들은 더 작은 미물에 기대어 살아간다. 이 모든 순리는 아득한 옛날 지구 대멸종 시대에도 끝까지 살아남아 억만년의 고난과 역경을 거쳐 온 뻘이 있었기 때문이리라. 뻘은 모든 생명체의 모태이다. 오늘을 살고 있는 생명체의 원초적 모습이다. 뻘은 생멸生滅과 시공時空을 영겁으로 이어가는 끈이요, 요람이다.

비가 오려나. 바람 속에 물기가 스며있다. 이 비가 끝나면 우리는 기나긴 겨울을 맞이하리라. 지난 가을은 짧았다고, 슬펐노라고 말하리라.

소쇄원에서 띄우는 편지

K 선생님.

오랫동안 뵙지 못했습니다. 건강하신지요.

저는 지금 담양의 소쇄원瀟灑園에 와 있습니다. 소쇄원은 조광조의 제자인 양산보의 별서 정원입니다. 15세에 조광조의 문하생이 된 양산보는 기묘사화로 스승이 사약을 받고 죽자 뜻을 접고 고향으로 돌아옵니다. 이곳에서 정원을 짓고 은둔의 삶을 보내다 55세로 생을 마쳤다고 합니다.

선생님.

소쇄원의 입구는 울창한 대밭으로 시작합니다. 이 숲은 490여 년전 양산보가 소쇄원을 지을 당시부터 있었다고 합니다. 하늘을 찌를 듯이 뻗어 오른 대숲의 안쪽은 깊이를 알

수 없는 굴과 같습니다. 왕대나무 숲을 좌우로 두르고 문득 길 하나가 트여 그 길을 걸어 올라가면 저만치 비탈 위에 끊어진 흙 돌담장 하나가 보입니다. 비로소 소쇄원 전체가 눈에 들어옵니다. 입구에서 주인을 기다리는 대봉대待鳳臺, 시를 읊고 학문을 토론한 광풍각光風閣, 사랑채와 서재가 붙은 제월당霽月堂이 단아한 모습으로 어우러져 있습니다.

선생님.

저는 이 순간 언어의 한계를 실감합니다. 저는 처음부터 소쇄원의 구조를 낱낱이 말씀드리는 일은 포기해 버렸습니다. 당대의 명 문장가들이 소쇄원에 대해 수많은 찬시를 지었지만 어느 한 편도 그 아름다움을 모두 담아내지는 못했다고 하지요. 저 같은 일개 아낙의 눈에 비치는 소쇄원의 느낌이야 말해 무엇 하겠습니까.

다만, 한 가지 놓치고 싶지 않은 것은 있군요. 조선시대 평범한 유생 한 사람이 남긴 정원 하나가 이렇게 오랜 세월, 이토록 많은 사람을 감동시키는 이유는 무엇일까요? 그것은 아마도 자연과 인공의 절묘한 조화가 아닐까 싶습니다.

흔히 말하기를 일본 사람들은 자연을 자기 집 정원으로 데리고 오고 한국인은 자연을 찾아 자신의 집을 옮겨 간다고 합니다. 우리나라에 누각과 정자문화가 발달한 배경입니다.

　소쇄원은 자연의 풍취를 그대로 살리면서 곳곳에 최소한의 인공을 가하여 자연과 인간의 행복한 동행을 연출하는 곳입니다. 소쇄원에 설치된 집과 담장, 대문이 없는 개방공간, 이끼 낀 돌담과 내를 따라 흐르는 물, 댓잎 스치는 소리들은 인간이 자연을 다스리는 것이 아니라 자연과 친밀하게 소통하고 있는 모습입니다.

　소쇄원에서는 건물도 사람도 자연의 일부가 됩니다. 나무 한 그루, 꽃 한 포기에도 의미

를 부여하여 역할에 맞게 심고 섬깁니다. 대봉대待鳳臺 앞에는 벽오동이 있습니다. 봉황은 오동나무에서만 깃을 내린다고 하기 때문입니다. 대나무 열매와 대나무 이슬을 먹고 산다고 하여 주위엔 대나무와 샘도 있습니다.

애양단愛陽壇 앞에는 효를 상징하는 동백나무가 서 있고, 돌다리 근처에 가면 살구나무가 위험을 경고합니다. 광풍각은 학문의 공간이기에 주변에 배롱나무를 심었습니다. 양산보의 자연관에는 누구라도 감탄하지 않을 도리가 없습니다. 그는 임종 시 후손들에게 특별한 유언을 남겼다고 하지요.

"이 땅은 절대로 남에게 팔거나 양도하지 말라."

문득 아메리카 원주민의 한 추장이 자신들의 땅을 강제로 사려고 한 미국 대통령에게 보낸 편지가 생각납니다.

"그대들은 어떻게 하늘과 땅을 사고 팔 수 있는가? 그 제안은 우리에게는 너무나 생소하다. 이 땅의 신선한 공기와 물은 우리가 소유하고 있지도 않은데 어떻게 그대들에게 팔 수 있다는 말인가?

우리는 이 땅의 한 부분이며 땅 또한 우리의 일부이다. 향기 나는 꽃은 우리의 자매이고 곰과 사슴과 독수리는 우리의 형제다. 바위, 수풀, 조랑말, 사람은 모두 한 가족이다. 시내와 강을 흘러내리는 물은 단순히 물이 아니다. 졸졸 흐르는 물소리는 내 아버지의 아버지의 목소리다. 우리 조상의 피다."

편지를 읽은 대통령은 크게 감동한 나머지 그 지역을 추장의 이름을 따서 '시애틀Seattle' 로 부르도록 했다는군요. 워싱턴 주에 있는 바로 그 시애틀입니다.

선생님.

참으로 어려운 글자 소쇄瀟灑는 '티끌 하나 없이 맑고 깨끗하다' 는 뜻이라지요. 그런데 왜 하필 양산보는 대나무 숲을 소쇄원의 입구로 삼았을까요? 혹여 대나무의 '곧음과 비움'을 소쇄의 근본으로 삼으라는 뜻은 아니었을까요? 곧음은 선비의 강직한 절개이고 비움은 넉넉한 여유가 될 터이지요?

비가 오려는지 대숲이 심하게 흔들립니다. 낙엽도 아닌 것이 검불도 아닌 것이 바람에 날리기 시작하는군요. 저는 처음에 그것이 댓잎인 줄 알았습니다. 그러나 자세히 보니 대나무의 햇대가 껍질을 밀어내고 있었습니다. 비 머금은 바람에 대나무들이 일제히 옷을 홀홀 벗고 있는 겁니다. 스승을 기려 명예도 지위도 벗어던진 청빈한 선비를 보는 듯합니다. 선비들도 저렇게 제 살을 깎아가며 속을 비워내고 있었을까요.

선생님.

날이 저물어 이제는 집으로 돌아가려 합니다. 구름의 움직임을 보니 비가 정말 오려나 봅니다. 비 내리는 소쇄원에는 세 가지의 소리가 있다고 하지요. 그 하나는 정원 안 계곡을 흐르는 물소리이고, 또 하나는 처마 끝에서 떨어지는 낙수 소리, 그리고 왕대 숲에 후드기는 빗소리입니다. 여기에 저는 하나를 더 욕심내어 비 오는 날 왕대 숲을 건드리는 대숲바람을 보태고 싶군요.

다음에는 비 내리는 소쇄원 소식을 전하겠습니다. 안녕히.

백담사에서

늦가을, 강원도에 있는 백담사를 찾았다. 백담사는 중, 고등학생 때는 만해 한용운이 「님의 침묵」을 집필했던 사찰이라고 배웠으나 언젠가부터는 12.12의 전두환 대통령이 임기 후 2년간 은거했던 곳으로 기억되는 절이다. 산세가 험하고 계곡이 깊어 절 입구에서 셔틀버스를 탔다. 7km나 되는 오르막길을 아슬아슬하게 오르다 보니 금방이라도 산짐승이 나타날 것 같았다. 현대판 삼수갑산이라고나 할까. 삼수三水와 갑산甲山은 함경도에 있는 오지奧地로, 날씨가 춥고 산세가 험하여 조선 시대 대표적인 귀양지라고 했던가.

절에 이르자 정면으로 극락보전이 보이고, 맞은편으로 문제의 방이 나타났다. 전 대통령이 기거했던 방이다. 생각보다 좁은 방에 이불과 옷가지들이 가지런히 놓여 있었다. 나는 특히 방 한가운데를 차지한 고무 다라이를 주목했다. 전 대통령 부부가 더운 물을 받아 목욕을 했다는 용기이다. 김장철에 시장 바닥에서 배추나 절이던 값싸고 흔한 바로 그 물건이다. 한 나라의 지존으로서 그 많던 돈과 총도 버리고, 숨겨 놓았던 그림들도 버리고, 청송교도소도 버리고 북쪽 끝 오지까지 쫓겨 와 고무 다라이에 몸을 담그다니!

쪽마루에는 큰 글씨로 '제12대 대통령이 머물던 곳입니다'라는 현판이 붙어 있었다. 전 대통령이 이른 아침 눈 내린 경내를 한가롭게 둘러보는 사진, 마음을 모아 불경을 베끼는 사진, 주민들의 농사일을 거드는 사진 등도 진열되어 있었다. 언뜻 보아 번다한 업무를 피해 휴양이라도 온 듯한 모습이었다.

느닷없이 입산을 한 전 대통령을 두고 복이 될지 화가 될지 황망했을 백담사 스님들의 모습이나 '체포조'가 전경에 제지당하는 난장판 사진 같은 것은 없었다. 모든 것이 평화롭고 순탄해 보였다. 달라진 것이 있다면 눈에 띄게 관광객이 늘어난 점이라고나 할까. 이제 보니 백담사는 더 이상 삼수갑산이 아니었다. 각종 홍보지에 오르는 일등 관광 상품이었다.

만해 교육관 툇마루에 올라 백담계곡을 굽어보았다. 햇빛을 받아 번뜩이는 거대한 물줄기가 아우성치듯 계곡을 훑어 내리고 있었다. 옛날 만해 한용운도 저 물소리 들으며 「님의 침묵」을 썼을 거라고 생각하니 가슴이 뭉클했다. 그러다 또 문득 전 대통령 역시 깊은 밤 저 물소리에 잠 못 들었을 거라고 생각하니 마음이 편치 않았다. 부처는 그저 인간을 어리석은 중생이라고 했으니.

백담사에서 머리를 깎은 만해 한용운은 일제 식민지 시절 조선총독부의 어용단체인 삼십일 본산 주지회의에서

"똥보다, 송장보다 더 더러운 게 삼십일 본산 주지 네놈들이다!"

라고 외쳤다. 권력자든 부자든 그들 앞에서 터럭만 한 동요도 없어야 하는 게 출가한 사문의 기상이라는 주장이었다. 지금 만해가 살아 있다면 전 대통령을 보고 무어라고 했을까. 불당에서 걸어 나오는 후배 스님들의 참마음 속에는 무엇이 들어있을까.

눈을 돌리자 절 입구에 많은 돌탑들이 보였다. 산 넘고 물 건너 여기까지 온 사람들이 간절한 염원을 담아 쌓아 올린 탑들이리라. 높고 낮은 탑들은 즈네들끼리 몸을 맞대어 사이좋게 마을을 이루고 있었다. 장마가 와서 무너져도 누군가가 쌓고 또 쌓아서 그리된 모양이었다. 나도 그 작고 초라한 돌탑 위에 못난 돌 하나를 얹기 위해 걸음을 떼었다.

섬

    문학단체에서 신안 퍼플섬으로 여행을 떠났다. 전라남도이니 지형상 한반도의 끝에 있는 섬이다. 불과 3~4년 전만해도 신안 사람들조차 잘 모르던 외딴섬이라고 한다. 2019년 마을 전역에 보라색을 입히기 시작하면서부터 인지도가달라졌다. 보라색 꽃을 피우는 청도라지와 꿀풀 등이 많이자생한 데서 힌트를 얻었다고 한다. 다리와 마을 지붕을 온통 보라색으로 칠하고, 보랏빛 유채를 비롯해 라벤더와 아스타국화, 자목련 등을 해안 산책로를 따라 심고부터 섬은'퍼플섬'이라는 새 이름을 얻었다. 유엔 세계관광기구(UNWTO)에서도 '세계 최우수 관광마을'로 선정했다고 한다.

아침 일찍 출발하여 다섯 시간이나 걸려 섬에 도착하니 그야말로 천지가 보랏빛이다. '예쁘다'는 탄성이 절로 나온다. 퍼플 칼라로 도색이 된 긴 다리를 건너니 기분이 상쾌하고 짜릿했다. 바닷바람이 살짝 불어 쓰고 있는 모자가 날아갈까 봐 조심했다.

섬을 한 바퀴 돌기 위해 전동차를 빌렸다. 5명씩 나누어 타고 해안도로를 달리기 시작했다. 날씨가 좋았다. 상큼한 초여름 날씨에 하늘마저 높았다. 바다는 잔잔하고 해안 도로는 깨끗했다. 곳곳에 포토존과 나무 의자를 놓아 관광객들이 쉴 수 있게 만들어 놓기도 했다.

잠시 차에서 내려 커피를 한 잔 마셨다. 바다 위에 섬들이 점처럼 떠 있었다. 신안군에는 무려 1,004개의 작은 섬들이 있다고 했다. 오는 길에 천사대교를 지나면서 들은 이야기다.

나는 천사대교를 천사가 인간 세계에 내려와 신과 인간을 연결해 주는 다리인 줄 알았다. 아니었다. 1,004개나 되는 섬이 육지를 바라보며 점점이 서 있는 것이었다. 나는 섬을 향해 손을 크게 흔들었다. 한 번도 인간을 껴안아 보지 못한 1,004개의 섬이 기다림으로 그 자리에 서 있었다. 육지도 아닌 것이, 바다도 아닌 것이….

울컥, 뜨거운 것이 목젖까지 치밀어 올랐다. 바로 전날 콘서트홀에서 본 딸의 연주 모습이 눈앞의 외로운 섬에 오버랩되었다.

딸은 지금 청각예민증을 앓고 있다. 너무 많이, 너무 잘 들리는 병이다. 어렸을 때부터 절대음감을 갖고 있어 축복처럼 바이올린을 시작했는데 어른이 되어 그것이 도로 함정이 될 줄이야!

딸은 현재 프랑스에서 연주 활동 중이다. 오케스트라 활동이란 것이 해외 순회를 기본으로 하는 것인데 치료 중인 예민증으로 외국 활동마저 조심하는 상태다. 이번에는 특별히 한국 순회 연주라 마음이 혹해서 왔다고 했다. 나도 기쁜 속내를 숨길 수가 없었지만, 착각이었다.

막이 오르자 나는 가슴이 철렁 내려앉았다. 딸이 차지한 포지션 때문이었다. 딸은 플루트 바로 앞, 관악이 설치는 자리에 앉아 있었다. 집에서는 TV 소리도 줄이는 형편인데, 관악들이 두 시간 동안이나 바로 뒤에서 빵빵거리면 어떻게 한단 말인가! 저런 상태로 5개 도시 순회를 어떻게 소화한단 말인가!

마지막 곡 생상스Saint-Saens는 최악이었다. 교향곡 3번에서 나는 이미 관객의 입장을 벗어나고 말았다. 피아노까지

가세한 곡은 처음부터 전투적 질주를 예고했다. 도입부를 벗어나자 목관과 금관까지 나서 압도적인 클라이맥스를 구축하더니 종내에는 오르간과 오케스트라가 어우러져 미친 듯이 장렬하고 웅장한 연주를 선사했다. 관객석에서 기립박수가 쏟아졌다.

"앵콜! 앵콜!"

잘츠부르크 출신 지휘자는 만족한 표정이었다. 파트별로 일일이 관객에게 인사를 시키다가 특별히 관악 파트에 힘찬 박수를 유도했다. 덩치 큰 서양 남자들이 불고 있던 악기를 흔들어 보이며 웃는 낯으로 감사를 표시했다.

나는 눈물이 쏟아졌다. 연주가 좋아서가 아니었다. 딸이 얼마나 힘들었을까 싶어서였다. 청각예민증 환자에게 생상스Saint-Saens는 이미 음악이 아닐 터였다. 노동이요, 고문이 아니었을까.

딸이 어렸을 적 딱 한 번 바이올린을 그만두면 어떻겠느냐고 물었던 적이 있었다. 너무 힘들어 보여서였다. 아이는 손톱도 안 들어갔다. '바닷가 어느 중학교 음악선생을 하더라도 바이올린은 놓지 않겠다'고 고집을 피우는 통에 더 이상 만류할 수가 없었다.

아이는 음악을 운명처럼 받아들이는 것 같았다. 음악을 두고는 결코 갈등한 적이 없었다. 힘든 유학 생활 중에도 음악을 두고 다른 것과 비교한 적도 없었다. 딸은 왜 음악이 운명일까. 지금 딸에게 음악을 그만두라고 하면 뭐라고 대답할까.

휴식 시간에 잠깐 딸을 만났다. 일행에게서 떨어져 나와

쉬고 있는 중이었다. 외딴섬 같았다. 두 손으로 귀를 싸쥐고 기도하듯 앉아 있는 딸의 모습은 무인도처럼 외로워 보였다. 가슴이 미어졌다. 뼛속 깊이 슬픔이 차올라 몸이 부르르 떨렸다. 딸은 정작 멀쩡해 보였다. 활짝 웃으며 달려와 엄마를 깊게 포옹했다.

"걱정 마요. 나 괜찮아."

'섬'은 왜 섬일까. '서다'에서 나온 말이 아닐까. 섬들은 어쩌자고 몸을 바다에 담근 채 하염없이 저렇게 서 있을까. 딸은 무엇 때문에 음악 앞에 평생을 서성일까.

퍼플섬에는 또 한 사람의 섬 같은 여인이 있다. 김매금 할머니다. 할머니의 평생소원이 살아생전 섬에서 두 발로 걸어 목포로 나가는 것이었다고 한다. 퍼플교가 생긴 사연이기도 하다. 소원을 푼 할머니는 그 후 어떻게 되었을까. 목포에는 무엇이 있던가.

다시 눈시울이 붉어지려 하는데 사진을 찍던 일행이 상기된 낯빛으로 다가온다.

"온 마을이 퍼플퍼플하네요. 라벤다 철이 오면 대단하겠어요."

1890년

프랑스 역사에서 가장 외우기 쉬운 연대는 1789년, 프랑스 대혁명이 일어난 해이다. 이날 콩코드 광장에서는 시민들의 함성 속에 마리 앙투아네트가 금발을 풀어헤치고 단두대의 이슬로 사라졌다. 날씨가 유난히 좋았다고 한다. 다음이 1890년, 고흐가 다락방에서 자살한 해이다. 혁명 이후 100여 년 후이다.

아를르에서 지병이 도진 고흐는 동생 테오의 권유에 따라 오베르 쉬즈 우와즈라는 시골 마을로 거처를 옮겼다. 파리에서 30Km 떨어진 곳이다. 고흐는 죽기 전 테오에게 보낸 편지에서

"오베르는 정말 아름다워. 그림 같은 전원이 펼쳐진 곳이

야."

라고 써 보냈다. 실제로 고흐는 그곳에서 수평선과 교회
와 까마귀 나는 밀밭을 그렸다. 피아노 치는 하숙집 딸도 여
러 각도에서 그렸다.

71일간 고흐가 묵었던 라부 여인숙 5번 다락방은 침대 하
나가 겨우 들어갈 정도로 어둡고 협소했다. 미신에 따라 '자
살의 방'으로 낙인찍힌 이후 한 번도 임대되지 않았다고 한
다. 천장을 뚫어 만든 손바닥만 한 창이 햇빛을 불러들여 어
두운 방을 간신히 비추고 있었다. 가구라고는 당시의 의자
와 침대를 재현해 놓은 것이 전부였다. 삐걱거리는 계단, 어
둡고 협소한 방, 침대와 의자가 전부인 방 안에서 방문객들
은 스스로 생을 마감한 고흐를 생각했다.

여인숙을 나와서는 작은 골목길을 따라 걸었다. 초봄의
햇빛이 마을을 포근하게 내리쬐고 있었다. 교회 앞에 고흐
가 그린 그림이 걸려 있었지만 자살을 죄악시한 가톨릭에서
는 장례미사를 거부했다고 한다. 묘지에도 십자가가 걸려
있지 않았다. 풀을 이고 동생 테오와 나란히 누워있을 뿐이
었다. 살아생전 테오만이 형의 재능을 인정했다. 테오는 고
흐의 스폰서이자 정신적 지주였다. 소방원 월급이 2,000유
로였을 당시 매달 2,500유로씩을 형에게 보내 주었다고 한

다. 고흐가 어려운 환경 속에서도 그림을 그릴 수 있었던 것은 전적으로 테오의 덕이라 하지 않을 수 없을 것이다.

묘지 맞은편으로는 넓은 밀밭이 펼쳐져 있었다. 고흐의 마지막 그림 〈까마귀 나는 밀밭〉의 배경이 된 곳이다. 복사본 만으로도 고흐의 힘찬 터치가 느껴지는 그림이었다. 밀밭을 보며 방문객들은 고흐의 지병과 문제의 '귀'에 대한 대담을 나누었다. 현장에 있었던 고갱이 펜싱 선수였다는 이야기도 나오고, 고흐의 병이 '분노조절장애'였다는 이야기도 나왔다. 1890년이라면 프랑스로서는 산업혁명에 의한 호경기였던 시기인데 파리 외곽 조그마한 마을에서는 귀가 잘리고 자살을 하는 사태가 벌어진 것이었다. 불행한 삶이 아닐 수 없었다. 그를 분노케 하고 슬픔에서 헤어날 수 없게 한 것은 무엇이었을까. 슬픔과 고독이 그의 그림의 본질이었을까.

마리 앙투아네트의 죄목은 사치와 허영이었다. 당시 화가들이 그린 풍자화에는 1미터가 넘는 가발을 쓴 왕비가 있는가 하면 괴물 왕비가 등장하기도 했다. 실제로 2,500캐럿이나 되는 다이아몬드 사건에 연루되기도 했을 뿐 아니라 각종 염문설에 휘말리기도 했다고 한다.

고흐가 그린 여인숙집 딸은 피아노를 치고 있다. 검소한 차림의, 소박한 여인이었다. 고흐가 자살하자 평생을 그 집에서 미혼으로 살았다고 한다. 특별한 인연은 아니었다 해도 아름다운 일이다.

기념품 집에서 이것저것 만지다 식탁보가 눈에 들어왔다. 고흐가 돈이 떨어지면 그림을 그려 팔았다는 식탁보이다. 오베르 쉬즈 우와즈라는 프린트 이외에는 특별할 것도 없었지만 손에 넣었다. 고흐가 살아있다면 풀 한 포기라도 그려 달라 했을 터인데 아쉬움을 뒤로하고 걸음을 옮겼다.

파리의 가을 산책

　한국에서는 '가을!' 하면 하늘이 높고 말이 살찌며, 곡식이 익는 계절이지만 프랑스의 가을은 흐리고 우울하다. 밀레가 그린 〈만종〉은 수확하는 계절의 농촌 풍경을 잘 나타내지만 그 또한 X선 투시 결과 여자의 옆에 놓인 감자 바구니가 죽은 아이였다는 말이 있고 보면, 프랑스인들의 우수는 체질화된 것이 아닌가 한다.

　옷차림 또한 가을에는 트렌치코트가 주류를 이룬다. 아무렇게나 흘러내리는 머리를 그대로 두거나 질끈 묶고, 가방 안에는 예비우산이 들어 있다. 언제 비가 내릴지 예측할 수가 없기 때문이다. 남자들은 손잡이가 긴 우산을 들지만 여자들은 주로 조그마한 일인용 접이 우산을 즐겨 쓴다. 아무나하고 함께 쓰는 건 "농 메르씨(사양)"라는 뜻이다. 개인주의의 산물이다.

가로수는 마로니에가 주종이다. 잎이 넓은 마로니에가 가을비에 젖어 거리에 쌓여있는 것을 보면 누구라도 시인이다. 보들레르가 아니라도, 기욤 아뽈리네르가 아니라도 저절로 시인이다.

프랑스의 한 사진작가가 〈연인〉이라는 작품을 잡지에 실었는데 가을비 속을 여자가 남자의 코트 속에 얼굴을 묻고 함께 거니는 모습이다. 여자의 얼굴은 반쯤 가려져 있고 내려다보는 남자의 얼굴 또한 15도 각도이다. 그런데 이 사진을 본 여자들이 다투어 잡지사에 전화를 걸어 자기가 주인공이라고 우기는 바람에 잡지사의 통신이 마비되었다는 얘기가 들리기도 한다. 사진을 찍은 작가나 찍힌 연인이나, 호들갑을 떠는 잡지사 기자까지도 모두 시인이다.

소르본느 대학이 있는 거리로 들어선다. 이 건물은 원래 소르봉Sorbon이라는 사람이 세운 신학교인데 파리 4대학(문리과대학)이 되면서부터 여성명사인 소르본느Sorbonne가 되었다. 건물 위쪽에 조그마하게 새겨진 'UNIVERSITE DE PARIS IV'의 팻말을 보는 순간 검은 옷을 길게 늘어뜨린 신학생들의 모습이 떠오른다. 어디선가 미사를 알리는 음악이 들리는 것도 같고, 엄숙한 제례가 보이는 듯도 하다.

맞은편 서점을 기웃거려 본다. 학생들이 드문드문 책을 고르고 있는 한쪽에 문구류가 보인다. 달력과 수첩, 필기구 같은 것이 진열되어 있다. 미국에서는 하버드나 줄리어드에서 기념품을 살 수도 있다고 들었는데 소르본느에서는 불가능하다. 나름대로 자부심을 드러내는 것이리라. 마티스 그림이 있는 달력을 하나 샀다. 가방에 들어가지 않아 그대로 손에 들고 나오는데, 그림 위로 성급한 낙엽이 한 잎 떨어진다.

바스티유로 향한다. 파리 동쪽 교외에 있는 교통의 요새로 프랑스 혁명의 발단이 된 곳이기도 하다. 한때는 감옥이었지만 지금은 오페라하우스로 재건축되었다. 우리나라의 정명훈 씨가 음악감독을 맡았던 적이 있다.

입구에 있는 흑인 안내원의 미소가 따뜻하다. 저 사람들은 보기 드물게 아름다운 근육을 가졌다. 근육 곳곳에 리듬과 음률, 가락을 숨겨 놓은 것 같다. 몸짓으로 지하를 가리켰을 뿐인데도 사방으로 황홀한 리듬이 번져 나오는 느낌이다.

지하에서는 최신 레코드를 팔고 있다. 원하는 음악이 있으면 헤드폰을 끼고 마음대로 감상할 수가 있고, 음악과 관련된 각종 악세서리들도 준비되어 있다. 심지어는 아이들이 좋아하는 장난감까지 진열되어 있다. 가족팀을 위한 배려이리라.

최신판 몇 개를 골라 헤드폰을 끼고 들어본다. 음악 역시 글로벌화 되어가고 있는 것일까. 샹송의 정통성을 벗어나 미국음악, 중국음악까지 섞여 있는 것들도 있다. 그런가 하면 소녀 시절 좋아했던 정통 샹송들이 아직도 건재하다. 반가운 김에 두어 개를 손에 넣었다.

계산을 마치고 나오니 광장에 사람이 그득하다. 시위가 시작된 모양이다. 바스티유는 이미지뿐 아니라 사방으로 지하철이 시내로 뚫려있어 봄, 가을이면 예외 없이 각종 시위가 끊이질 않는다.

지금은 철도노조가 시위 중이다. 총을 든 경찰이 주위를 에워싼 가운데 노조원들이 피켓을 들고 임금협상을 외치고 있다. 시위라기보다는 기강이 빠진 군대의 경축 행사를 보는 것 같다. 얼굴에는 독이 없고 외침에는 기가 빠져 있다. 경찰들은 삼삼오오 모여 있으나 묵묵히 지켜만 볼 따름이다. 더러는 옆 동료와 잡담을 하는 모습도 눈에 뜨인다. 부상자라도 생겨나면 즉각 병원으로 호송하겠지만 그렇지 않고는 개입 의사가 없어 보인다.

아니다, 잠시 후 등장한 백여 명의 할머니 시위대는 얼굴에 분노가 이글거리고 있다. 철도노조에 반대하는 시위대이다. 모자를 쓰고, 진주목걸이를 하고, 입술을 빨갛게 칠한 할머니들은 진지하게, 열정적으로 철도 노조원들을 향해 외친다. 너희들이 지하철을 막고 파업을 하면 우리는 어떻게 되는 거냐고, 우리의 권리는 어디에서 찾아야 되는 거냐고 되묻는다.

뒤를 이어 등장한 시위대는 흡연자들이다. 그들의 치켜든 손가락에는 담배가 끼워져 있다. 그들은 담배를 깃발처럼 펄럭이면서 흡연 구역의 확장을 외치고 있다. 여자의 경우 노브라 차림인 듯 유난히 가슴이 출렁거리

는 사람도 있다. 시선을 끌기 위함일 것이다.

다시 순서가 된 듯 철도 노조원이 등장하고, 탄력을 받은 할머니 시위대들이 뒤를 잇는다. 쉬는 사이 화장을 고친 듯 입술이 더욱 새빨갛다. 흡연자들 또한 휴식 시간 동안 담배를 한 대 피운 모양이다. 목소리에 윤기가 돌고 담배를 쳐든 손에 힘이 들어가 있다.

광장의 열기가 하늘을 찌른다. 월드컵 축구 경기를 보는 기분이다. 프랑스인들은 시위를 스포츠처럼 생각하는 경향이 있다. 소셜 스포츠social sport라는 말이 실제로도 존재한다. 선수들은 맡은 바 포지션에 충실하고, 관중은 환호를 보내고 있다.

센강 변에 떠 있는 배들이 조용히 밤을 맞을 준비를 한다. 공원 쪽에서는 무명의 연주자가 켜는 바이올린 소리가 들려온다. 〈집시의 노래〉인가.

바람을 안고 뒹구는 낙엽을 밟으니 내 가슴속에도 뜻 모를 우수가 고여 든다. 무겁지 않은, 가을비 같은 우수이다.

왕비의 촌락

Y.

파리에 무사히 도착했습니다. 기상악화로 비행기 출발이 늦어 염려했으나 도착해 보니 파리의 날씨는 말짱했습니다. 겨울이라고는 하나 기온이 그리 내려가지 않아 꽃집에서는 원예용 식물들을 밖에 내어놓고, 공원에는 잔디가 그런대로 푸른빛을 유지하고 있습니다. 바람만이 제법 쌀쌀한 것이 매서운 기운을 품고 있습니다.

오늘은 베르사유 궁으로 루이 16세의 왕비였던 마리 앙투마네트를 만나러 갑니다. 그녀가 처형될 때까지 살았던 쁘띠 트리아농이 얼마 전 복원되었다고 하는군요. 트리아농 Trianon은 본시 베르사유 궁전 북서쪽에 위치한 작은 마을이었으나 휴식과 오락 공간을 가지고 싶었던 루이 14세가 이 마을을 사 들여 간식을 먹거나 휴식을 취하는 별궁으로 사용함으로써 붙은 이름입니다.

베르사유 궁 안에는 루이 14세 때 지은 그랑 트리아농과 루이 16세 때 지은 쁘띠 트리아농이 있는데, 유독 쁘띠 트리아농으로 관광객이 몰리는 것은 파란만장한 생을 살았던 마리 앙투아네트의 삶과 더불어 촌락村落처럼 꾸며놓은 트리아농의 특징 때문이기도 합니다.

미니열차를 타고 도착한 쁘띠 트리아농에는 마리 앙투아네트의 사진이 걸려 있습니다. 시대에 따라 미의 기준이 다르긴 하지만 썩 아름다운 얼굴은 아니었다고 합니다. 턱은 친정이었던 합스부르크 왕가의 주걱턱을 물려받은 듯하고, 얼굴은 긴 편이었다지요. 어머니였던 마리 테레지아 여왕이 딸에게 보낸 편지 중에는 '너는 그리 예쁜 얼굴이 아니니 다른 매력으로 사람들 마음에 들도록 노력하라' 는 구절이 있다고 합니다. 그녀의 나이 15세 때의 일입니다.

Y.

여자의 15세는 어떤 의미를 갖는 걸까요? 미소를 띠고 있는 마리의 얼굴에서 저는 셰익스피어의 줄리엣을 보았습니다. 오스트리아 여왕의 막내딸로 태어나 정략결혼으로 프랑스로 시집오기까지는 철부지 '줄리엣'에 불과하지 않았을 까요. 프랑스어, 라틴어, 궁중에티켓 등은 배웠으나 정치수 업은 받지 못했다고 합니다. 왕의 사랑을 받지 못하자 사치 와 도박에 빠지게 되지요.

정치 상황 또한 좋지 않았습니다. 루이 14세 때부터 오랜 전쟁으로 무거워진 세금에 불만을 품던 시민들이 루이 15세 때는 조금씩 불평하기 시작하다가, 루이 16세에 이르러서는 거리로 뛰쳐나와 외치기 시작했지요. 이 시기에 왕비가 말 했다는 '빵이 없으면 초콜릿을 먹으면 되지 않느냐'는 반응 은 혁명군에게 또 다른 빌미를 제공했다고 합니다.

Y.

이제 저는 트리아농의 정원으로 나왔습니다. 정원은 촌락 으로 꾸며져 있습니다. 화려함에 싫증이 났을까요, 국민들 의 원성이 부담스러웠을까요, 조촐한 남새밭에서부터 연못, 성당, 물레방아, 정원, 농장까지 보입니다. 왕비는 무료함을 달래느라 농장에서 금방 짠 우유를 마셔보기도 하고, 연못 의 오리에게 먹이를 주기도 하며, 채소에 물을 뿌려보기도 했다는 얘기가 들립니다.

숲을 낀 오솔길을 걸어봅니다. 울창한 나무 사이로 겨울 바람이 입니다. 쌀쌀한 날씨에도 미니 열차를 거부하고 손

을 잡고 거니는 연인들이 드물지 않게 보입니다.

왕비가 밀회를 즐겼다는 정자에도 올라봅니다. 사랑의 조각품들이 깨끗하게 관리되어 있습니다. 궁에서 태어나 궁밖에 몰랐던 한 여인의 불행했던 삶이 몸으로 전해 오는 듯합니다. 열쇠 만들기와 사냥에만 몰두했던 검소한 왕과 드레스와 춤과 파티를 즐겼던 왕비의 결혼 생활이 평탄하지는 않았을 것은 상상하기 어렵지 않겠지요.

연못에 백조 한 마리가 떠 있군요. 우연인지, 연출인지는 알 도리가 없습니다. 하늘을 향해 고개를 한껏 치켜들고 물 위를 유유히 헤엄치고 있습니다. 혁명군에 의해 단두대의 이슬로 사라질 때 왕비의 모습도 저러했다고 합니다. 아름답던 금발은 하얗게 세어 수건으로 가린 채 도도하게 심판대에 올랐다고 하지요. 그날따라 유난히 맑았다던 하늘을 보며 무슨 생각이 떠올랐는지 궁금해지는군요. 사후에는 머리를 다리 사이에 끼운 자세로 마드렌느 공동묘지에 묻혔다고 하니 새삼 인생의 무상함이 느껴집니다.

Y.

마리 앙투아네트가 죽은 100년 후에는 아시아의 작은 나라 조선에서 명성왕후가 고종과 혼례식을 올렸습니다. 비슷한 나이에 왕비가 되어 불행한 생을 살았던 인물이지만 국민의 사랑과 추앙을 받았던 여인이었지요. 평민의 외동딸로 태어나 어린 나이에 부모를 여읜 탓인지 자기 삶을 스스로 일구며 처절하게 살았습니다.

그녀에게 별궁은 어떤 의미였을까요? 촌락은 물론 다이아몬드나 염문도 없었습니다. 그녀의 별궁은 어느 날 갑자기 일본 낭인들이 쳐들어온 전쟁터였습니다. 그들에 의해 살해된 후 무참하게 불살라진 곳이었습니다. 지금도 경복궁의 기둥 밑에는 불탄 잔재가 나누어 묻혀 있다고 하지요.

미니 열차를 타고 출발지로 돌아가면서 상념에 잠겼습니다. 귀국하면 다시 한번 경복궁에 들러 기둥이나마 쓸어보고 싶습니다. 인생은 역시 한단지몽邯鄲之夢인가요? 함께 가시지요. 만날 때까지 안녕히….

퐁피두 광장에서

한여름의 파리는 거대한 물결이다. 대부분의 시민들이 더위를 피해 썰물처럼 파리를 빠져나가는 대신 관광객들이 밀물처럼 몰려들기 때문이다. 덥다고 해야 낮 최고기온이 26~27도이다. 그 정도만으로도 TV나 라디오에서는 살인적인 더위라고 호들갑을 떠는데, 정작 거리에는 나무도 많고 바람도 높아서 마냥 쾌적하기까지 하다.

배낭을 멘 관광객들의 옷차림이 수수한 반면, 파리 시민들은 너무 더워 옷 같은 건 제대로 입을 수가 없는 모양이다. 여자들은 아예 블레이저 상의(허리와 배 등이 노출되는 옷) 차림이고, 청년들은 그나마도 훌훌 벗어 던지고 있다. 그런 중에도 개성파는 검정색 가죽점퍼를 엄숙하게 걸치고 있고, 우아한 멋쟁이는 긴 원피스에 낮은 구두를 단정히 신고 있기도 하다. 어느 누구도 남의 시선에 구애받지 않는 탓으로 온종일을 서 있어도 비슷하거나 같은 차림은 찾아보기 어렵다.

파리 한복판에 자리 잡은 퐁피두Pompidou 광장은 말 그대로 시민들을 위한 광장이다. 저녁 무렵이 되면 사람들은 보고 싶거나, 하고 싶거나, 듣고 싶어 배길 수 없는 그 무엇 때문에 무리를 지어 이곳으로 모여든다. 순식간에 광장은 온통 종합문화센터가 되어 버린다.

한쪽에서는 중년의 백인들이 일본제품이 좋은가, 독일제품이 좋은가로 격렬한 토론이 벌어진다. 바로 그 옆에서는 아랍인과 백인이 실업자 문제로 침이 튀고, 또 바로 그 옆에서는 줄어들고 있는 인구문제를 자국인들끼리 무거운 얼굴로 걱정하고 있다.

서로가 너무 심각하고 진지한 나머지 바로 옆에서 무슨 언쟁이 벌어지는지도 모르고 있는 가운데 저쪽에서는 흑인한 명이 홀연히 서서 색소폰을 불고 있다. 남미 쪽의 음악 같은데 애수가 느껴진다. 옆에 앉은 백인 여자는 세상이 온통 자기 것인 양 음악에 취해 연신 담배를 피워대고 있다.

색소폰 주자와는 어떤 관계일까.

음료수를 권하며 키스를 나누는 걸 보아 연인이 아닐까.

갑자기 반대쪽에서 시끌시끌한 소리가 나서 보니 일단의 동양인 5인조 그룹이 드럼을 치고 북을 치며 노래를 부르고 있다. 음악이라기보다는 차라리 비명에 가까운데 옷을 거의 입지 않은 그 젊은 그룹은 요즈음 한참 유행하는 팝송으로 사람들의 갈채를 받아내고 있다. 노래 사이사이 아우성인지 절규인지 고함을 지르는데, 관중석에서도 휘파람과 괴성으로 답해주고 있다. 밉지는 않지만 부담스럽기도 하여 다른 쪽으로 시선을 살짝 돌릴라치면 아뿔싸, 당신은 그만 그들에게 시선을 붙잡히고야 만다.

양손에 갖가지 색실을 든 아랍인들이다. 머리카락 속에 빨강, 파랑, 노랑의 수실을 넣어 여러 갈래로 예쁘게 땋아 주겠다는 것이다. 백인들은 머리를 땋는 법이 거의 없기 때문에 그것을 대단히 신기하게 여기는 점을 이용하여 아랍인들은 광장 한 귀퉁이에 자리를 펴 놓고 백인이나 동양인들을 유인, 돈벌이에 나서고 있다.

바로 그 옆은 초상화를 그려주는 곳이다.

몽마르뜨르나 각 지방에서 흘러 들어온 화가들이 돈을 받고 초상화를 그려 주고 있다. 캐리커처는 30유로 선, 정밀화는 그보다 조금 더 비싸다. 유럽의 화가들이 주류를 이룬다.

시선을 일단 잡았다 싶으면 온몸으로 자기가 얼마나 대단한 예술가인지를 설명하기 시작한다. 고객은 주로 여자들이다. 금발의 백인 여자는 마릴린 먼로처럼 가슴을 앞으로 내밀고 있고, 남미의 어느 여자는 굳이 옆모습을 그려 받겠다고 우기고 있다.

다시 저쪽은 불꽃놀이를 하는 흑인. 불을 뿜어 하늘로 치켜 올리기도 하고 시선을 모아 입 안으로 먹어 보이는 솜씨. 벗어 붙인 윗몸은 온통 땀으로 번들거리는데 그 옆의 또 다른 흑인은 넥타이까지 맨 말쑥한 차림으로 곤봉게임을 해보이고 있다. 다섯 개의 곤봉을 두 팔과 두 다리로 들어 올리는 게임인데 멋 내느라 뒤꿈치와 팔꿈치까지 동원하고 있다.

이제 광장 한복판에는 머리 긴 기타리스트다. 녹색 티셔츠에 벽돌색 바지 차림이다. 갈색의 머리카락이 부드럽게 웨이브 진, 선량한 얼굴의 전형적인 프랑스 젊은이다. 〈함브라의 추억〉, 〈엘리제를 위하여〉, 〈금지된 장난〉을 그럴 수 없이 진지한 얼굴로 연주하는 모습은 벼르고 벼르던 끝에 가진 첫 콘서트를 연상케 한다. 곡 하나가 끝날 때마다 조금은 수줍게 쑥스러운 미소를 지어 보이고….

무서울 정도로 뚱뚱한, 그러나 함박웃음을 띤 털보 아저씨가 나오더니 무언가를 젊은이에게 중얼거리고는 돌아간다. 신청곡인 모양이다. 큰 눈을 치켜 뜬 젊은이가 고개를 끄덕이며 줄을 퉁겨 이런 곡이냐는 듯이 확인을 한다. O.K.

털보 아저씨는 아마 미국인이었던 것 같다. 누구라도 기분이 썩 좋거나 나쁠 때면 자기 나라 말이 불쑥 나와 버리는 것이다.

젊은이는 웃으며 연주를 시작한다. 코드를 여럿 사용하는 아주 난해한 곡이다. 현대곡인 모양이다. 털보 아저씨의 으쓱한 모습. 관중들도 일제히 몸을 들썩거린다. 연주자와 관객이 일체가 되는 순간이다. 아무리 봐도 허름한 서민의 차림인데 이렇게 난해한 현대 곡을 거리낌 없이 신청하고 있는 것이다. 그것도 다름 아닌 거리의 악사에게….

어디선가 마이크에서 〈Hey Jude〉가 나오고 있다. 청바지 차림의 미국인 젊은이가 기타를 치며 노래를 시작하는 모양이다. 이제 사람들은 아예 바닥에 주저앉았다. 편한 자세로 길게 눕기도 하고, 애인에게 안긴 채 눈을 감고도 있다. 자기 집 안방에 앉아 있는 듯한 편한 모습이다.

소시지와 캔 맥주를 마시는 사람도 있고, 넋을 잃고 햄버거를 들고 있는 사람도 있다. 노래를 참 잘하는 젊은이다. 몸도 별로 흔들지 않고 노래에만 열중하는데 청중의 마음을 휘어잡는다. 스무 줄, 서른 줄로 모여드는 사람들. 더러는 숨 죽이다가, 박수치다가, 한숨 쉬다가….

밤은 점점 깊어가고 파리의 하늘에는 별이 돋기 시작한다.

토론을 벌이던 사람들은 어떻게 되었을까.

광장 한쪽에 설치된 계기판의 숫자도 어느새 하루만큼 줄어들고 있다.

정부가 2024년을 기점으로 몇 시간, 몇 분, 몇 초가 남았는가를 시민들이 볼 수 있게 설치해 둔 것이다.

이제 올해도 반 이상 지나갔다.

에펠탑을 보며

K 선배님.

파리에 온 지 어느덧 한 달이 가까워지고 있습니다. 이곳
날씨는 한겨울에도 영하 1, 2도를 기록하지만 한국만큼 햇
볕이 충분치 않아 제법 쌀쌀합니다. 영하 10도를 기록하는
한국보다 오히려 여인들의 옷차림이 두터운 실정입니다. 연
이틀 비도 조금 내렸습니다.

오늘은 연말이라 에펠탑의 조명 쇼를 구경하려 합니다.
관광객에게는 에펠탑이 알렉산더 다리나 미라보 다리 쪽에
서 바라보는 것이 가장 아름답다고 소개되어 있지만 저는
샤이요 궁내의 카페에 자리 잡았습니다. 에펠탑도 잘 보일
뿐만 아니라 사진도 찍기 좋고, 커피도 마실 수 있으니까요.

지금이 밤 11시 반. 자정이 되면 조명 쇼가 시작될 것입니다. 군중 속에 끼어 가까스로 에스프레소를 한 잔 시켜놓고 에펠탑을 바라봅니다. 센강을 끼고 탑은 푸른빛이 도는 조명으로 디즈니랜드에서나 볼 수 있는 환상적인 분위기를 연출합니다. 파리 시민이 자랑하는 탑의 야경입니다. 보통은 황금빛 조명의 옷을 입고 있다가 때에 따라 초록빛으로 갈아입기도 하고, 프랑스 깃발 색깔같이 삼색으로 치장할 때도 있습니다. 중국과의 수교를 축하하기 위해서는 과감히 붉은빛으로 갈아입기도 했다지요. 지금의 푸른빛은 사르코지 대통령이 유럽연합 의장이 된 것을 기념한 것이라는군요.

선배님.

에펠탑이 19세기 최초의 철조건물인 것, 혹시 아시는지요? 높이 300m의 노출격자형 철 구조물인 에펠탑은 비전문가가 낮에 보면 특별하지도, 아름답지도 않을 수 있습니다. 실제로 모파상이나 에밀 졸라, 뒤마 같은 예술인들은 고도인 파리에 쇳덩이 조각으로 세계에서 가장 삭막한 철조구조물을 세웠다고 탄원서까지 제출했다고 하지요.

모파상에 얽힌 이야기는 지금까지도 유명합니다. 에펠탑으로 하여 심기가 불편한 나머지 탑이 안 보이는 뒷골목으로만 다니고, 자화상까지 에펠탑과 반대 방향으로 돌려놓았다고 하는 그가 완공 후 매일 에펠탑의 2층에 있는 식당에서 식사를 하여 이상하게 생각한 기자가 이유를 묻자, "파리에서 에펠탑이 안 보이는 곳은 유일하게 이곳뿐." 이라고 답했다는군요.

게다가 300m가 넘는 탑이라 당시에는 고가사다리도 없고 장비도 부족하여 곡예사들이 대거 동원되었는데, 이들이 철탑 사이를 곡예하듯 작업하는 동안 추운 겨울에는 얼어버린 철탑에 손이 붙어 살점이 떨어져 나가기도 했다고 합니다.

반대로 화가인 들로네처럼 에펠탑 연작을 발표하면서까지 에펠탑을 찬성한 사람도 있었다고 하는데, 실제로 풍력 등의 하중을 받는 금속 아치와 금속 트러스의 성질에 관한 앞선 지식을 활용해 건설된 에펠탑은 당시 토목공학과 건축 설계 분야의 일대 혁명을 예고했다는군요.

저 역시 그저께는 에펠탑 3층에서 건축 당시 에펠의 사무실을 재현해 놓은 것을 구경했는데, 에펠과 에디슨의 담소 장면이 밀랍으로 만들어져 있었습니다. 머리카락 한 올, 피부의 주름살까지 완벽하게 재현해 놓은 솜씨를 보고 입이 딱 벌어졌었습니다. 에디슨은 에펠을 찾아와 '당신이야말로 천재' 라고 추켜세웠다지요.

선배님.

에펠탑(La Tour Eiffel)이 여성명사인데 대해서는 어떻게 생각하시나요? 저는 마음이 편치 않았습니다. 에펠도 남자였고 곡예사들도 남자였으며, 하다못해 탄원서를 내며 반대한 사람, 혹은 찬성한 사람들도 모두 남자였는데 에펠탑은 여성명사더군요. 탑(La Tour)이 여성명사라서 그렇겠지요? 산(La montagne)이나 자동차(La voiture)같이 타는 것은 모두 여성명사인 것처럼요? 그렇다면 에펠탑은 그 자체로 고유명사는 아닌 셈인가요? 에펠이라는 사람이 만든 보통명사 탑일 뿐인가요?

지구 어디에서나 하늘을 찌르는 높은 건물을 짓고자 하는 욕망은 인간의 본능인가 봅니다. 구약성서에는 인간이 벽돌을 구워 하늘 꼭대기까지 바벨탑을 쌓는 이야기가 나오는가 하면 에펠탑 이후에도 경쟁적으로 높은 건물이 세워져서 현재 아랍 에미리트 두바이에는 800m가 넘는 첨탑이 세워지고 있다는군요.

앞의 구약성서에는 흥미로운 이야기가 나옵니다. 자신의 영광을 드러내기 위해 탑을 쌓는 인간의 교만함에 분노한 신이 인간에게 서로의 말을 알아듣지 못하게 해 공사를 중단시켰다는 겁니다. 그렇다면 버즈 두바이의 800m가 넘는 첨탑은 어떻게 되는 건가요? 신이 양해하는 탑의 높이는 얼마나 되는 건가요?

에펠탑 역시 1887년 프랑스 혁명 100주년 기념으로 파리 만국 박람회에 기념조형물로 세워졌을 때는 수명이 20년으로 한정되어 1910년부터는 해체 위기에 놓이기도 했다고 합니다. 시민들의 반대 운동과 함께 무선 안테나로 전파를 쏘고 각종 첨단 장비로 무장하면서 현재 아름다운 파리의 상징물로 남아 있는 셈이지요. 지금은 해마다 2천만 명이 넘는 관광객이 에펠탑을 찾고 있어 에펠탑 없는 파리는 상상하기 힘든 실정입니다.

K 선배님.

이제 자정이 다가오고 있습니다. 눈에 익은 한국인 연예인 그룹이 센강과 에펠탑을 배경으로 사진을 찍고 있군요. 반갑지만 모른 척하는 것이 좋을 것 같습니다. 여기까지 와서 이미지 관리하려면 얼마나 힘들겠습니까. 자연인으로 돌아가 아름다운 그녀(La Tour Eiffel)와 사진을 찍고 싶겠지요.

그러나 문득 궁금해지는 것은 있군요. 동화처럼 환상적인 저 아름다운 탑을 보며 저들은 어떤 생각을 하고 있을까. 가슴속에 어떤 탑을 품고 있을까.

시간이 자정을 맞으려 합니다. 곧 저 거대한 탑의 모든 조명등이 동시에 켜져 묵은 해를 밀어내고 새해를 밝힐 것입니다. 반짝이는 동안 새해 소망을 빌겠습니다.

돌아갈 때까지 안녕히.

나는 어디에

먼 길 떠나는 해외여행에 죽이 맞는 친구가 있다는 건 행운이다. 우리는 올해 분수에 넘치는 북유럽 여행을 계획하기에 이르렀다. 육로와 크루즈를 겸한 기분 좋은 여정이었다.

크루즈는 덴마크에서 노르웨이로 갈 때 이용했다. 14만 톤에 이르는 리갈 프린세스호였다. 대형극장, 카지노, 나이트클럽, 면세점, 피트니스 센터 등 최신 부대시설을 두루 갖춘 배는 마치 바다 위에 떠 있는 거대한 호텔 같았다. 배를 탔으되 흔들림이 없어 호텔 객실에 앉아있는 것처럼 편안했다.

우리의 숙소는 6층 오션뷰였다. 커튼을 여니 발트해가 한

눈에 들어왔다. 백야현상으로 밤 10시가 되어도 밖은 대낮처럼 환했다. 우리는 온종일 코펜하겐을 누빈 여독으로 샤워가 끝나자 바로 잠에 떨어졌다.

얼마나 잤을까, 누가 먼저인지 모르게 함께 눈을 떴다. 많이 잔 것 같은데 겨우 오전 두 시 반이었다. 커튼을 여니 새로운 세상이 보였다. 바다가 벌겋게 해를 품고 있었다. 여명을 준비하고 있는 것이었다. 바다는 물이라기보다는 거대한 짐승 같았다. 수면 깊숙이에서 붉은 해가 용트림을 하듯 뒤척였다. 용트림은 서서히 산 쪽으로 물러갔다. 이제는 산이 해를 받아 안을 모양이었다. 마침내 수평선이 띠를 두르기 시작하자 우리는 참았던 숨을 한꺼번에 토해냈다.

"커피 한 잔 하자."

빈속에 마시는 커피는 썼다. 그러나 우리는 손에서 놓지 못했다. 어스름한 새벽이 얼굴을 드러내자 바다 위에 떠 있는 몇 척의 배가 보였다. 배를 향해 내가 목을 길게 뽑았다.

"우리 배는 어디 있는 거야?"

친구가 웃음을 터뜨리다 마시던 커피를 쏟고 말았다.

"지금 여기 타고 있잖아!"

그러니까 나는 배 안에서 배를 찾은 셈이다. 배가 커서 착각이었을 거라는 생각은 핑계에 불과하다. 안이함에 속아 잠시 혼란이 왔다는 것도 변명일 따름이다. 그 순간 잃은 것이 어찌 배뿐일까. 배 안의 나까지도 놓아버린 것이 아닐까.

나는 종종 나를 잃는다. 어렸을 때는 심약하여 나를 추스르지 못했고, 자라서는 무모하여 나를 망각했다. 어른이 되어서는 아예 길들여진 짐승처럼 자신을 포기했다. 살림하며 늦은 나이까지 직장 생활을 하는 여자는 존재 자체가 유령에 가까웠다. 꼬깃꼬깃 나를 숨기느라 급급했고, 상황에 맞게 나를 끼워 맞추느라 전전긍긍했다. 어쩌다 내 눈앞에 내가 어른거리기라도 하면 황급히 나를 치우기에 바빴다. 마침내 내 눈에도 내가 보이지 않고서야 비로소 나는 안심했다.

난감한 것은 그것이 완벽하지 않은 데 있었다. 비 온 뒤 새싹이 돋아나듯, 불탄 자리에 진달래가 피어나듯 내 안의 나는 예고도 없이 풀잎처럼 일어났다. 어느 날 모교의 음악대학 앞을 지나게 되었다. 강당에서는 오페라 〈라 트라비아타〉를 연습하고 있었다. 소프라노가 '오, 당신이었군요'를 부르고 있었다. 나는 그 자리에서 장승이 되어 노래에 귀를 기울였다. 대학 시절 교양수업으로 '오페라의 이해'를 들었을 때, 음악감독을 겸하고 있던 교수님이 사는 동안 어렵더라도 감성이 녹슬지 않게 살라던 말씀이 생각났다. 나는 당시 감성으로 부터 한참이나 먼 삶을 살고 있었다.

인디언들의 영혼에 대한 이야기도 생각났다. 그들은 길을 가다가 종종 뒤를 돌아다본다고 했다. 영혼이 자기를 따라오지 못할까 봐 걱정이 되어서다. 언젠가부터 나는 나의 영혼을 걱정하지 않고 있었다. 삶에 골몰하여 그것이 어떻게 생겼는지 살필 겨를이 없었다. 네모인지 세모인지도 기억나지 않았다. 나처럼 구차한 삶에 영혼을 파는 사람을 인디언들이 보면 뭐라고 할까. 눈물이 하염없이 흘러내렸다.

여행 일정이 끝나 돌아오는 비행기 안에서는 입국 신고서를 쓰게 되었다. 이름, 직업, 여행 목적 등 영어로 된 양식이었다. 우리는 킥킥거리며 가까스로 양식을 작성했다. 오랜만에 쓰는 영어라 착오가 있을까 봐 조심했다.

입국장에서 우리는 그것이 얼마나 웃기는 일인지를 실감했다. 우리는 내국인이었던 것이다. 한국인이 한국에 들어오는데 영어가 무슨 소용이 있겠는가. 양식은 아마도 외국인을 배려한 것이었나 보았다. 그것도 모르고 경유국을 차례대로 기억해 내느라 고심하던 얼간이라니! 나는 새삼 인디언들의 영혼 챙기기를 상기하며, 어쩌면 아직도 북해 어딘가에서 길을 잃고 헤매고 있을 어리석은 나를 부산하게 거두어들였다.